祈路之夏

七樂 著

詭太郎 繪

推薦序

令人感動不已的夏日之夢

黑白劍妖 耽美作者

七樂如同她的粉絲專頁名稱「風仁苑說書人」，是個寫文說故事的高手，用沉穩紮實的劇情和流暢生動的文字，敘述了這個關於愛與勇氣的故事。（笑）

關於愛，我們和主角一樣都需要勇氣。

而同性之愛所需要的勇氣更多、更多。

主角邵恭青溫淡如水，因為家庭與青少年時期遭到霸凌的關係，性格因此壓抑而自卑，覺得自己不配追逐夢想，甚至連婚姻都是被動的，直到遇到故事中的另一個主人翁俞奕揚。

比較起來，俞奕揚顯得沉穩卻燦爛，二者有著強烈的對比，卻又帶著性格上的互補，俞奕揚的出現，為邵恭青陰沉的灰色世界帶來一絲光明與色彩。

邵恭青的怦然心動，在不經意地觸碰之間漸漸加溫，看似忐忑壓抑的情感，卻有如夏日艷陽般地漸漸燃燒起來。

他們在夏日驟雨中相識，在颱風暴雨中相知，進而相戀。

雨那麼多，勇氣卻那麼少，邵恭青小心翼翼，曾以為自己追求的是歲月靜好，現世安穩，然而當意外的愛情火花在心中點燃時，他才發現其實只是壓抑著熾熱的夢想。

當夢想就在眼前時，就在看似伸手可及之處，該去追求嗎？

這是邵恭青的猶豫和怯懦，卻也是我們大多數人的怯懦，不只關乎於愛情，更關乎於夢想。

而單以同性之愛來說，雖然現代社會的觀念已逐漸開放，然而不可否認的是，社會主流價值觀仍給予否定的，並為同性之愛貼上許多負面標籤，同志被家庭、生活、社會束縛著，太多的身不由己而被迫放棄追求愛的勇氣，因為害怕異樣的目光和責備，最終選擇了所謂「正常人」的生活。

對你我而言，邵恭青和俞奕揚可能是人群中的陌生人，也可能是我們身邊的親人朋友，我們是否要反思，就是我們讓他們被迫放棄夢想、失去勇氣呢？

七樂細膩地刻畫出邵恭青的猶豫和心理轉折，在現實生活的家庭責任與追求所夢想之間徘徊，就像他們選擇一起渡過的颱風之夜，在狂風驟雨中捕捉到一絲衝動而生的勇氣，讓他選擇了勇敢去愛。

愛情沒有讓邵恭青無路可走，而是成為他找回自我的另一個人生出口。

中間至結尾之間，雖然有令人心痛焦急的波折，最後終於獲得了他們值得擁有的幸福，並且找到一個家庭平衡點，即使這個平衡點依舊帶著目前社會所給予的無奈。

當然，這其中少不了簡直可說是完美情人的俞奕揚的推波助瀾。

故事章回名稱之中的〈歧路〉、〈崎路〉、〈祈路〉，是同一條追求夢想的道路，或許正代表著追求夢想的三個階段。

如果您曾經失去追逐夢想的勇氣，一定要來看《祈路之夏》。

此外，不單單愛情之外，作者對於職場、婚姻、家庭與求學時期的遭遇多有描述，栩栩如生，彷彿就在眼前上演著，為本故事增添了更多的層次感與深度，以及多種值得思考與探討的議題，不僅適合耽美小說愛好者閱讀，也適合所有的人閱讀，誠摯推薦您這個極暖心的好故事。

深水靜流之下，是洶湧的情感波動，苦悶的現實生活中，我們仍然追求著微微的浪漫情懷，這是一個帶著心疼感傷卻又令人感動不已的夏日之夢，最後我在夢的結局中，看見了多元成家的美好藍圖。

最後，以故事中的一句話來做結尾：

只要是真心互相照顧，生活在一起的人，都可以是一家人。

目錄

CONTENT

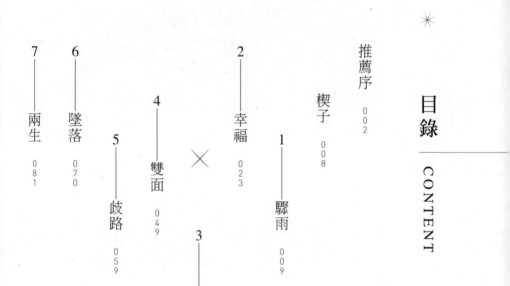

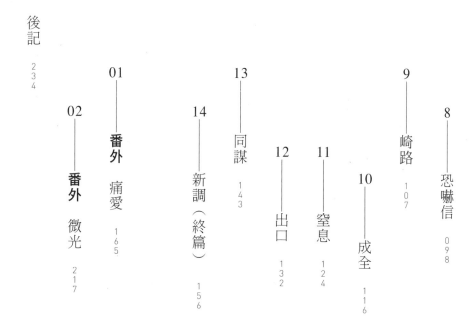

楔子

六月初，原是個燠熱的時節，邵恭青卻覺得，最近的這段日子，每一天，都比數個月前才走的霸王寒流更凍人。

他知道這條路一開始就走錯了，已走錯的路，是不可能因為繼續走下去，就對了，只會越走越錯，越來越脫離正途，終至走到無法再前行的山窮水盡之處。

但是，他卻無法後悔。

1 驟雨

每年的五月至六月，隨著又有一群大學生即將畢業，成為社會新鮮人，就是徵才企業的人事部忙得人仰馬翻的時候。

時值晚上八點半，雖然同棟樓的其他企業多已熄了燈，但是妙思企業的人事部，卻依舊燈火通明。

邵恭青拔下眼鏡，揉了揉眼窩，試圖緩解久盯電腦螢幕而造成的痠澀。

「恭青哥，我先下班了哦！」

兩百度的近視，近一百度的散光，沒戴眼鏡的邵恭青雖未至徹底看不見，但是一整日緊盯著電腦忙碌，卻仍是令他的視線，短暫的一片霧濛濛。

邵恭青不自覺地瞇眼，看了看走至半身高的屏風隔間牆邊的年輕女子。是兩個月前人事部新聘用的職員徐韻慧。

邵恭青揚起笑容，「路上小心，明天見。」

「恭青哥也早點回家呦！」

徐韻慧屈起食指，在屏風上玩笑地敲了兩下，才踏著輕快的步伐，消失在長廊的盡頭。

即使瞧不清遠方，邵恭青也彷彿看得到徐韻慧後腦勺上高高紮起，隨著前進的步伐晃動，彷彿自有生命的馬尾。

年輕真好。

邵恭青不由得在心底感嘆，旋即失笑。

二十八歲的他，對著大學剛畢業不久的部屬，竟然已經顯得老了。

放在電腦旁的手機震了震，邵恭青將手機湊近一瞧，是妻子褚意玫用ＬＩＮＥ傳來的訊息。

「恭青，我後天出差，所以今天過午就休假。倫倫我已經接回家了，你不用趕著去接他。我已經幫倫倫向老師請了七天假，明天一早我會送他去我媽那邊，我回國前，再請你先去帶他，然後一起到機場來接我。」

指尖在螢幕上一滑，邵恭青回了簡短的兩字「收到」。

手機螢幕回復黑暗後，不到幾秒，又亮了起來。

褚意玫回傳了隻身上貼了好幾個愛心，表情歡快的小貓圖，附帶了句玩笑話：「下次記得加一句經理。說笑的。」

邵恭青看著褚意玫傳來的訊息，微微出神。

褚意玫和邵恭青同在妙思企業的不同部門工作，褚意玫是妙思企業的業務經理，雖然才三十歲，在廣告界卻已是無人不知，無人不曉的存在。

妙思企業是間廣告公司，不同於公司文化較為保守的傳統產業，廣告公司的高階主管不乏年輕人。褚意玫二十五歲那年才進入公司，不過四年，就已經成為了業務部的經理，不僅是妙思企業年輕職員私下崇拜的偶像，更是廣告界知名的女強人。

相較於光芒萬丈的褚意玫，邵恭青顯得相當平凡而黯淡。

邵恭青是褚意玫研究所的學弟，但是碩士沒有念完，二十四歲那年輟學後，先去服兵役。退伍後，寄了八十幾封履歷，待業了八個月，才終於讓一家小公司錄取，成為身兼人事、會計、總機三個職務的行政人員。

月薪僅有兩萬九，卻是天天加不完的班，永遠做不完的工作，邵恭青只待了不到半年，就爆瘦了十公斤，在褚意玫的堅持下，遞了辭呈，而後在家休養了幾個月，才在二十六歲那年底錄取了妙思企業的人事專員。

三個月前，人事部的副主任離職，主任沈希江考慮了全部部屬的工作表現後，選定了年資尚淺的邵恭青接任副主任的職務。雖然沈希江的決定，完全是基於工作能力的考量，但是公司卻不少人在背後繪聲繪影地流傳著，邵恭青的升職，是因為褚意玫力保的緣故。

這個傳言令褚意玫非常惱火，不只一次在家裡的餐桌前嚷嚷著，若是讓她抓到了造謠的始作俑者，一定要讓他捲鋪蓋滾蛋。

不同於褚意玫的激動，邵恭青表現得相當平靜，彷彿公司同事背後指指點點議論著的人，並不是他。

邵恭青從小就是個有點軟弱的孩子，雖然有兩個弟弟和一個妹妹，卻完全沒有半點一般長子的模樣。邵恭青幾乎不表示自己的意見，總是語調溫吞地說著話，大部分時候臉上都帶著絲靦腆的微笑。即使和邵恭青當了二十幾年的手足，邵恭青的弟弟和妹妹，卻一次也不曾看過大哥發脾氣。

邵恭青是一鍋煮不滾的深水，微微泛在水面上的漣漪淺笑，幾乎已是他表露情緒的極限；其人也淡如水，與他同班四年的許多大學同學，在畢業一年後，甚至想不起邵恭青的模樣。

公司的同事們都想不透外型亮麗堪比影視明星，擁有高學歷，且工作能力優秀的褚意玫，為什麼會嫁給在她身畔，相形之下，薄淡如清晨之影的邵恭青。

由於妙思企業預計年底在香港設立新的分公司，所以今年五月底開始大舉徵才，需要招聘二十餘人。人事部的職員每天到了公司，一點開信夾，就是上百封剛寄至的履歷。

看了下信件夾，還剩下三十餘封履歷表尚未讀取，不是幾分鐘內辦得完的事，邵恭青決定先到附近吃個晚餐，再回公司繼續加班。

＋＋＋

由於商業大樓林立之處租金昂貴，即使妙思企業總公司所在地，有近百間公司，但是公司附近的餐館，卻相當稀少。

邵恭青走出公司大門，入眼的街道迥異於白天時的熱鬧，路上幾無行人，寬闊的馬路上，雖不時有車輛急馳而過，卻依舊感覺冷清。

邵恭青走了十餘分鐘，平日常去的幾間餐館都已打烊，公司附近這個時段尚在營業的，僅剩下一間便利商店。雖然不喜歡便利商店販售的便當，但是想到下間餐館，得再走個十幾分鐘才能到達。

邵恭青想了想還躺在信夾裡的履歷表，又抬頭看了看天空，雖然一片漆黑，什麼也瞧不見，但異常的悶熱提醒著他，恐怕隨時會下起大雨。邵恭青終究調轉步伐，向著便利商店走去。

便利商店的門叮一聲開啟，迎面一陣透心的涼風撲來。

邵恭青走進便利商店，經過層層貨架，直直走向冷藏櫃，架上空蕩蕩的，一個便當也不剩。

在心裡暗暗苦笑了下，邵恭青正想轉往冷凍櫃尋找些可以墊胃的食物，不意聽見一陣響亮而耳熟的笑聲。

邵恭青循聲望去，公關部的兩位同事郝思儒與韓志得正坐在便利商店另個角落的桌椅區閒聊。

由於堆疊的特價衛生紙阻隔視線，使得邵恭青走進便利商店時沒能瞧見他們，而他們也未能瞧見邵恭青。

「白依夢真的那麼說？」郝思儒一臉驚訝，誇張的大力敲打著桌面，「她是活在上個世紀嗎？拜託，這年頭做業務的，有誰沒有聽過黃色笑話？這樣子就不肯再去見客戶，她以為她是哪家的大小姐嗎？挑三揀四的，要是每個業務都像她一樣，我們公司還需要再混嗎？早直接關門了唄！」

邵恭青飛快地搜尋腦中關於白依夢的資料。

白依夢是業務部的專員，已在公司待了兩年多，褚意玫曾不只一次誇讚她，是個表現優異，也相當盡責的職員。

韓志得攤開雙手，露出個帶著嘲諷的笑，「誰不知道那些會當業務的女人，整天打扮得花枝招展，就是想著要釣個什麼富二代啦小開啦！我看根本是客戶開的價格太低，不然不要說是黃色笑話，叫她去陪睡都沒問題！」

兩人的對話令邵恭青皺起眉，原本的饑餓感都被反胃取代。

由於已過下班時段，此時店中只有相當稀少的兩三個客人與店員。韓志得和郝思儒的對話，在相當安靜的便利商店，簡直如深夜撞鐘一樣地引人注意。

韓志得和郝思儒大概也是趁著工作空檔到便利商店買晚餐順道聊幾句，身上都尚戴著妙思企業的識別證。

邵恭青不由得用手遮掩著胸前垂掛的識別證，進公司近兩年，第一次覺得戴著這塊牌子，如此令人羞恥。

用簡直逃命的腳步飛快走出便利商店，邵恭青放棄購買晚餐的打算，決定回公司繼續工作，不意離開便利商店不到兩分鐘，豆大的雨滴無預警地打到了鏡片上。

糟了，下雨了！

不想折返便利商店，邵恭青拔下即使不戴著，也不影響視物的眼鏡，拚命往公司的方向跑。

雨來得又快又猛烈，不到五分鐘，已將邵恭青全身徹底打濕。

雨水浸透的西裝布料，沉重地黏附在身上，阻礙前進的腳步。

邵恭青在大雨中跑了片刻，雨水影響了視線，再加上衣衫的纏絆，誤踩進路面低窪處的水坑，踉蹌了兩步想穩住身，卻終究沒穩住，就這麼往前撲倒在地。

手臂在柏油路面上狠狠一擦，兩臂一陣熱辣辣的痛，不用看，邵恭青也知道自己必定是擦破皮了。

因為摔得太重，邵恭青一時起不了身，只能趴在地面讓雨淋了好一會兒，才終於爬得起身。

邵恭青渾身狼狽，在兜頭大雨中走了快十分鐘，才終於見到公司所在的大樓。

走近玻璃門前，卻見應該自動開啟的玻璃門一動也不動。

邵恭青一愣，抬手在門前揮了揮。

玻璃門還是一動也不動。

邵恭青只好努力貼近玻璃門，向著一樓的大廳張望。

雖然大廳的燈仍亮著，但是守衛室的燈是暗的，看樣子是大樓保全去樓層巡邏了，所以暫時把玻璃門鎖了起來。

大雨不斷飛洩，溫度漸漸下降。

邵恭青在玻璃門前站了片刻，還是不見大樓保全回來，冷氣不斷地自門的隙縫透出，直滲入骨，邵恭青冷得幾乎忍不住哆嗦。

下樓時沒有預期會在外待太久，邵恭青身上只帶了打算購買晚餐使用的一張百元鈔和幾個十元銅板，連手機都沒有帶出門。

此刻困在公司大樓門外，簡直叫天不應，叫地不靈。

邵恭青抬手在玻璃門上敲了敲，「有人在嗎？請幫我開門！」

邵恭青連敲了數下玻璃門，一再叫喚，都沒有人出來應門，正在思忖還有什麼辦法可行時，卻聽見一連串頗為急促的腳步聲。

從大樓的電梯所在方向走來了三個人，走在最先的人，身材高大，步伐非常快速，帶著沒有掩飾的怒氣；隔著一小段距離尾隨在後的兩人，一個穿著大樓保全的制服，一個看起來應該只有二十三、四歲，蓄著頭時下流行的髮型，穿著米色的襯衫與湖水綠的露踝西裝褲，腳上踩著雙深褐色的牛津鞋。

瞥見三人走來，邵恭青心下一喜，趕緊揚聲大喊：「請幫我開……」

未完的話猛地止在自動門乍然開啟的瞬間，邵恭青無預警對上的眼眸。

雖然那人緊繃著張沒有表情的臉，但是眼中的怒意，一瞬間震懾了邵恭青。

瞧見站在門口的邵恭青，原本面無表情的人，有了短暫地一愣。

或許是因為沒有預期會在這裡見到邵恭青。

雖然對方在短暫地一愣後，旋即轉過臉匆匆往前走，但是邵恭青仍是認出了他。

上週才剛任職的創意總監俞奕揚。

雖然俞奕揚才進公司不到幾天，公司裡許多職員可能尚不認得他，但是邵恭青身為人事部的主管，卻是不可能不認得俞奕揚，而邵恭青恐怕也是俞奕揚少數認得的同事。

邵恭青怔愣地看著俞奕揚飛快走到了馬路邊，抬手一招，一輛黃色的計程車匆匆駛近，俞奕揚立刻打開車門。

原本安靜地跟著於俞奕揚的年輕男子，突然抓住俞奕揚的手臂，哀求道：「奕揚，我不敢求你原諒我，但是我發誓，這種事真的不會再發生了，你再給我一次機會，我……」

「我已經給過你太多次機會了。」不等年輕男子將話說完，俞奕揚冷冷打斷，「快上車，然後徹底滾出我的視線！不要讓我再見到你！」

年輕男子眼眶一紅，兩行淚撲簌而下，楚楚可憐地緊攀著俞奕揚的手臂，「我真的不能沒有你！」

俞奕揚沉聲怒喝：「放手！」

年輕男子雖然還想再說，但是讓俞奕揚神情森冷地狠狠一瞪，還是只能鬆開手，卻依舊不死心地想再說：「我……」

俞奕揚卻是轉身就走。

邵恭青瞠瞪著眼，看著俞奕揚一陣風似地刮回面前。

糟了，他杵在這裡發什麼愣！

邵恭青猛然回神，想走，卻已來不及。

錯身而過時，兩人視線再度交會，俞奕揚微皺了下眉，飛快掃視了邵恭青一眼，邵恭青則在俞奕揚的視線下心虛地低著頭，恨不得能瞬間隱身。

邵恭青在大門前又待了半晌，待計程車消失在視線裡，暗忖俞奕揚應該也已經上樓去了，才踩著有點虛浮的步伐，慢慢走進大廳。

邵恭青穿過大廳，拐了個彎，赫然驚見俞奕揚正雙手環胸，一臉冷酷地站在電梯前。

邵恭青只覺得一股寒氣，瞬間從腳底直竄頭頂，幾乎忍不住當場瑟瑟發顫。

他今天根本不該來上班的。

邵恭青拖著沉重的步伐，跟著俞奕揚走進電梯。

電梯門沉沉叩上。

「邵恭青。」

俞奕揚都開口叫了他的名字，總不能轉頭就跑，邵恭青只好硬著頭皮，走到俞奕揚的面前，僵硬地寒暄：「俞總監，你也在加班啊？」

俞奕揚不答反問：「你說呢？」

邵恭青尷尬地哈哈傻笑，「也是，這時間還在公司，不是加班能做什麼，我問得好蠢哈哈哈哈。」

俞奕揚不搭腔，只是兀自靠著電梯牆，一張沒有表情的臉，看不透到底在想些什麼。

俞奕揚的相貌出眾，在妙思公司第一天上班，就成了公司裡的新風雲人物。邵恭青不只一次在茶水間，聽到同事們偷偷討論著俞奕揚的一舉一動。

俞奕揚有個同性情人（儘管看起來已分手）的事，公司裡誰也不知情，恐怕是俞奕揚不願意讓人知曉的隱私。

他怎麼偏偏就撞見了？

邵恭青在心底嘆了口氣，逃避地盯著電梯樓層顯示的數字，心裡直祈禱趕緊抵達人事部所在的樓層。

電梯在邵恭青的拚命祈禱中，以感覺分外漫長的龜速慢慢上升，終於停在九樓，叮的一聲，門向兩側緩緩開啟。

邵恭青朝俞奕揚點了下頭示意，正打算走出電梯，俞奕揚卻突然伸長手臂，一掌直拍到了電梯牆上，將邵恭青困在電梯的角落。

邵恭青雙膝一軟，嚇得差點軟坐在地，「俞……俞總監？」

雖然是偶像劇超愛的壁咚橋段，但是邵恭青一點浪漫的感覺都沒有，彷彿看到了已死去多年的奶奶，正在親切地朝他招手。

「你跟我走。」

他可以說不嗎？

電梯門重新關上，一層層地上升，到了創意部所在的十四樓，再次停住，而後開啟。

俞奕揚率先走出電梯。邵恭青有點畏懼地看著俞奕揚挺拔的背影，直想不顧一切地搭著電梯逃回九樓。

俞奕揚走了幾步，沒聽見跟上的腳步聲，微側過臉，「邵恭青？」

邵恭青渾身一顫，「我馬上過去！」

2 幸福

由於創意部的職員已全部下班，十四樓一片昏暗，僅剩盡頭的辦公室燈光照明。

邵恭青彷彿看到自己未來的日子，跟眼前同樣的昏暗。

邵恭青踩著上刑場的腳步，垂頭喪氣地跟著俞奕揚，穿過昏暗的走道，直抵俞奕揚的辦公室。

進了辦公室後，俞奕揚很隨意地坐在桌沿，一面伸手往高處的置物櫃拿東西，一面說：「你進公司幾年了？」

邵恭青雖然莫名其妙，還是答道：「快兩年。」

「有什麼規畫？」

邵恭青愣了愣，「呃、好好把分內工作做好，替公司找到適合的人才。」

現在這是在面試新職員嗎？

「沒有升遷打算？」俞奕揚從置物櫃裡拿了個塑膠密封盒，關上櫃子門，看著緊張得直挺挺站在辦公室進門處的邵恭青，微蹙眉，伸手一勾，「站到我面前。」

邵恭青步伐僵硬地走近桌前，俞奕揚已打開密封盒，一一取出紗布、食鹽水、消毒優碘、棉花棒。

完全出乎意料的發展。

邵恭青看著俞奕揚拿出的物品，先是愣了愣，連忙說：「俞總監不用忙了，我回家再處理就好……」

「右手。」

看了眼俞奕揚朝自己伸出的手，怕是再推辭反而惹惱俞奕揚，邵恭青緩緩伸長手臂，搭上了俞奕揚的手。

指尖觸及俞奕揚的掌心，略灼人的熱度。邵恭青一愣，才想起自己渾身濕透，幾乎在夏夜凍成一根冰棒。

方才緊張至極時不覺寒冷，現在一放鬆，才冷得直想哆嗦。

「我先幫你把傷口上黏著的衣服取下來，你再脫掉身上的襯衫。」俞奕揚精簡地說明後，拿著生理食鹽水，緩緩淋在染著斑斑血跡的衣袖上。

邵恭青頗為怕冷，雖然是夏季，但是辦公室裡冷氣整天都在運轉，邵恭青依舊天天穿著長袖襯衫上班。

雨水徹底浸濕了衣袖，原本衣袖不至於太快黏在手臂的傷口上，但是邵恭青稍早讓冷氣吹了半晌，單薄的衣料很快地蒸發了水分，仍是黏在了手臂上。

看著俞奕揚修長的手指，非常靈巧地一吋吋慢慢挑開黏附著血塊的衣服，明明是在處理傷口，卻像是在精心雕琢一件藝術品。

邵恭青不由得看得出神。

因為有些軟弱的性格，再加上不算特別亮眼的相貌，一向都是他人眼裡常常忽略的配角，第一次有人如此小心慎重地對待他，邵恭青的心跳有些急，不知究竟是因為感動，或是忐忑。

「你先把右手的袖子脫下，再換左手。」俞奕揚等了片刻，仍不見邵恭青照做，「邵恭青？」

邵恭青猛然回神，「我馬上脫！」低頭匆匆解著鈕扣，卻聽見頭頂傳來一聲低笑。

邵恭青納悶地抬頭，卻見俞奕揚一臉想大笑又不忍大笑的表情，「你這個人是怎麼了？緊張得簡直像是第一次去見女朋友的小伙子！」

邵恭青感覺心臟陡地快了一拍，一陣熱氣從臉頰上直衝耳根，「我……我、我已經結婚了！」

「我知道，你戴著婚戒。」俞奕揚終於忍不住大笑，「天啊！為什麼我覺得我在調戲你？」

過去的二十八年人生裡，調戲從來沒有發生在身上，更沒有人這樣子跟他說笑過。

邵恭青不知道該如何回應，只能一臉傻狀地笑著。

俞奕揚卻突然正色，說：「我希望你不要誤會，我沒有其他意思。」俞奕揚見邵恭青尷尬的笑容凝在臉上，簡直像哭似的，又補了句，「雖然我喜歡男人，但不是只要是男人我都有興趣。」

俞奕揚話剛說完，下一秒突然懊惱地捂著額頭，幾如喃喃自語地說：「為什麼我覺得好像越解釋越糟糕了……」

「我懂！」

邵恭青衝口的吶喊，令兩人同時一愣。

中學時因為氣質陰柔，招致的欺凌記憶，多年來刻意不去想，此刻卻翻箱倒櫃地自記憶深處湧出。

感覺自己激動得有些異常，即使理智想讓自己冷靜點，但是邵恭青卻更急切地想解釋。

「我、我知道俞總監的意思。」對著俞奕揚的注視，邵恭青覺得自己平日尚算流利的口舌，不知為何不聽使喚，每句話都說得相當地勉強，「俞總監不是嫌我……」一句簡單的話，卻說得邵恭青窘得結結巴巴，幾乎說不下去，但是瞧見俞奕揚微揚唇角，感覺又找回了往下繼續的能力，「我知道、知道……同性……總之，它只是一種性向，不是對男人都有興趣！」

「我很高興你能理解。」俞奕揚見邵恭青一臉懵，不知想到了什麼，突然微微一笑，「雖然如此，我還是必須請你不要告訴其他同事，你今晚所見。」

「我絕對不會說！」邵恭青趕緊說。

俞奕揚沉默了下，才說：「左手。」

邵恭青依言伸出手，重新搭上俞奕揚的掌心。

不知是否錯覺，指尖觸及的溫度，似乎比稍早更熱燙了些，略灼人的熱度，順著指尖傳遞過來。邵恭青突然覺得渾身有些發熱。

俞奕揚一面往邵恭青手臂上倒食鹽水，一面叮嚀：「我幫你把這隻袖子取下來，包紮了傷口後，先借你件衣服讓你穿回家。你這幾天注意，傷口別碰到水。」

聽著俞奕揚的低聲交代，邵恭青覺得心裡不知怎的一抽一抽地疼，疼得連眼眶都痛了。

離開俞奕揚的辦公室後，怎麼回到自己的辦公室，怎麼搭了捷運回到家，邵恭青都記不得了。

一直到回到自己的房裡，躺在床上，看著披掛在椅背上借來的針織衫，聽著耳畔急促震耳的心跳，邵恭青終於再也憋不住心裡的疼，無聲地哭了起來。

昨晚滿懷心事地默默垂淚，不知哭到何時才入睡，直到鬧鐘響，驚醒時，邵恭青赫然驚覺雙眼腫得幾乎無法順利睜開。

小心推開房門向外瞧，確認妻子和兒子都還沒有起身活動，邵恭青趕緊躡手躡腳溜進廚房，打開冰箱，先用毛巾包了兩顆冰塊，一手抓著冰毛巾貼著腫脹的雙眼消腫，一手忙著從下層的冷藏櫃裡拿出早餐需要的材料。

邵恭青將抹了蒜醬的吐司放進烤箱，攪拌好的蛋液倒進平底鍋，正在往另個鍋裡已沸騰的馬鈴薯蘑菇濃湯裡倒入鮮奶油時，一聲清亮的叫喚，伴隨著細碎的腳步聲，向著廚房而來。

「爸爸！」

邵恭青迅速放下手上的毛巾和裝著鮮奶油的碗，彎身，精準地接住開心地飛奔而來的邵以倫，一把抱起他，笑著說：「早安！」

「早安！」邵以倫圈抱住邵恭青的頸項，在他的右臉上重重親了一記，下一秒圓睜雙眼，好奇地伸手摸了摸邵恭青的眼皮，「爸爸的眼睛為什麼紅紅的？」

邵恭青還未回答，突然讓人抓著手臂轉了個方向，褚意玫妝容精緻的臉瞬間映入眼簾，「哎！真的很紅，還有點腫。」褚意玫朝邵以倫伸出手，「倫倫，媽媽抱。」

雖然今天不上班，但是褚意玫還是畫了淡妝，穿上了Max Mara的當季新款白底渲染花草，長度及膝的絲質細紗無袖洋裝，微捲的長髮挽了個低垂在耳下的法式編髮髮髻，右耳後相當隨性地戴了朵淡粉色的花簪，迥異於工作日的休閒裝扮，散發著別樣的風情。

對於不僅工作表現優異，無論是妝容、衣服品味，甚至是一舉一動，都是公司裡許多年輕女同事崇拜對象的妻子，邵恭青是打從心底感到佩服。

邵以倫開心地轉投進母親的懷抱，褚意玫先抱著他到餐桌前，將愛撒嬌的兒子安置在椅上，才又折回廚房。

褚意玫本想詢問邵恭青發紅的雙眼，卻先看到了他纏著繃帶的手，「你的手臂怎麼纏著繃帶？發生什麼事了？」

「昨晚買晚餐路上走太急，不小心滑倒了，就擦傷了。」

「傷口好好處理過了嗎？」褚意玫抓起邵恭青的手臂仔細端詳，「繃帶倒是纏得很漂亮。」褚意玫笑著說：「依夢上次不小心摔倒，也擦傷了手臂，去她家附近的國術館敷藥，包得簡直慘不忍睹，搞得她好多天都用外套遮著，真該讓你去教教那位國術館的師傅。」

腦海中不受控制地浮現俞奕揚教國術館師傅包紮的想像畫面，邵恭青幾乎忍不住笑。

「你的眼睛是怎麼了？過敏了嗎？」

雖然面對褚意玫時一向坦白，但是俞奕揚只是幫他處理了手臂上的傷口，卻讓他哭得腫了雙眼……這件事怎麼想都覺得古怪，邵恭青不想多說，語意含糊地說：「今早醒來就腫了……也許是最近幾天用眼過度。」

「公司招聘新人不是這兩三天就要完成的事，你今天請個病假，在家裡休息吧？」

「好。」邵恭青順從地說。

「我幫你打電話請病假，我晚點先送倫倫去我媽家，如果你的眼睛還沒消腫，我就載你去給醫生看看。」

邵恭青連忙搖了搖手，「已經消腫很多了，沒事的。」

褚意玫只是笑了笑，沒有接話，轉頭看向平底鍋，「蛋煎好了，你還有想要煎什麼嗎？不然鍋子我拿去洗了。」

「那就麻煩妳了。」

「說什麼呢，這不是我家的鍋子嗎？」褚意玫玩笑了句，拿著鍋子到一旁的流理臺洗淨，一面晾起鍋子，一面說：「早餐應該準備得差不多了吧？你也趕緊到桌前來。」

「好。」

邵恭青學歷不及褚意玫，相貌不若她出色，工作能力也不如她亮眼，甚至月薪不及她的三分之一，而大部分的家務都是邵恭青一手包辦。

迥異於大部分家庭的夫妻情況，不僅許多同事與鄰人將兩人當成茶餘飯後的閒話對象，一些好事的親戚，更是總愛在年節見面時，用非常憐憫的口吻，說：「一個女人既不會煮飯又不會做家事，還性格這麼強悍，講她一句都不行，若不是你脾氣好包容她，換做是別的家庭，誰忍受得了這種媳婦，早就將她趕出門了！你自己也爭氣點，老婆娶回家，就是要管教的，哪能老是讓她爬在你的頭頂？」

雖然周遭的人，對於他的家庭，總投以異樣的眼光，邵恭青卻覺得與褚意玫結婚，是他活了二十八年的歲月裡，做過最正確的決定。

即使當年他為了照顧孩子，捨棄了未完的碩士學業，這件事邵恭青的父母每每說起，就頗有微詞，但是邵恭青卻未曾對這個決定後悔。

正是因為褚意玫的強悍，他才能在求職時，不必勉強自己接受不喜歡的工作；在工作不順遂時，能毫不猶豫地辭職。

他很喜歡這樣的生活。

邵恭青下意識地伸手貼上心口，指下傳來的心跳，已不復昨夜躁動不安的節奏。

邵恭青將爐火關了，戴著隔熱厚棉手套，端起了湯，走向等在桌前的褚意玫以及邵以倫。

「爸爸來了，可以吃飯了！」

「耶！」

對著妻子和兒子，邵恭青微揚唇角，露出合宜的微笑。

即使他的婚姻與大部分人都迥異，夫妻關係清淡如水，但是這是他想要的生活。

年少時偶然讀到，無比嚮往的「歲月靜好，現世安穩」，在那個充滿了不堪的嘲笑與欺凌，苦悶而黑暗的青澀歲月，他根本不敢去想會有成真的一日。

如今已在眼前。

他想好好守住這份幸福。

3 變色

清晨的捷運仍一如每日，一班班急速駛進月臺，載著擠滿車廂，神情漠然，近乎麻木的上班族，衝進了燈光照不進的黑暗車道。

站在人群中，順著人潮的方向，流進了車廂，擠往勉強可站立的寸土之地，直到列車抵達該下車的月臺，又隨著人群吐了出去。每日，每日，重複的平凡日常，即使不思考為何置身於此，每日在月臺上來來去去，二十年三十年的時間依然會無聲無息耗盡，一生的青春也就徹底過了。

十八歲那年，北上念大學，開始了在上班時段搭乘捷運通勤的日子，目睹人群每日在月臺上機械進出，目睹一張張表情全無的臉，邵恭青曾經為眼前的情景害怕。

他不是沒有想過，想要好好思考自己真正想要的是什麼，想要有個如童年喜愛的動畫一般，即使有悲傷與挫折，即使有重重阻礙，卻依舊滿懷夢想的人生。

但是，他終究是放棄了。

大學畢業以後，已幾乎不曾在朋友的閒談中聽過關於夢想的話題，彷彿那只是兒時的童話，在成年之後還眷戀不捨，只顯得幼稚愚蠢得可笑。

手機一次次震動著，科技的發達讓遠在千里之外的城市風景，幾秒之間，能一張張浮現在眼前。隨著褚意玫不斷傳來的照片，邵恭青彷彿就在她的身畔，跟著她，一起緩緩在異國的街道行進。

因為時差，雖然邵恭青正在上班途中，而褚意玫卻是剛結束了忙碌的工作，正在回到飯店的路上。

褚意玫熱愛與人溝通，且活力十足，在不同國度間工作，往往能想辦法趁隙遊覽，滿意於忙碌匆促的生活節奏；相較於對生活充滿了熱情的妻子，邵恭青不知道自己喜歡什麼，甚至也不去想這件事。

追求夢想的生活，不是像他這樣的人應該貪求的。

只是想像，他就覺得羞慚，彷彿褻瀆了那些有資格擁有夢想的人。

列車抵達了公司附近的捷運站，邵恭青收起手機，跟著人群走出車廂，走出位於地下的月臺。

清冷的早晨光線之中，櫛比鱗次的商業大樓映入眼簾，玻璃帷幕牆倒映著灰青色的天空。

邵恭青只看了眼，就收回視線，調整了下胸前深藍色的領帶，撫平黑色的西裝褲上的折痕，跟著人潮，沒入車聲隆隆的大街。

+

邵恭青請了天病假，又放了兩天週休，再進公司，已是三天後。

由於是褚意玫幫他向沈希江請假，邵恭青不知道自己在人事部忙得焦頭爛額的日子裡，突然請了天病假，沈希江有什麼反應。

沈希江今年四十五歲，有兩個正在念中學的兒子，妻子因為曾多年全心在家照顧孩子，在兒子們相繼上了國中，才二度就業，但是求職相當不順遂，只勉強找到住家附近早餐店的兼職工作，一家的經濟擔子主要在沈希江身上。經濟的壓力，使得沈希江大部分的時候，都滿臉揮之不去的愁容。

人事部雖然是有一定規模的企業裡必然存在的部門，但是仍屬於行政職務，是公司高層不寵愛的部門，使得人事部的最高部門主管薪資，在妙思企業裡，甚至比不上業務部的一般職員。

由於薪資不高，在這個將薪資數字作為人的成就評比重要依據的社會，人事部職員在公司同事的眼裡，地位也不高，許多人事部職員往往待了一兩年，就轉職到公司其他部門。

沈希江在妙思企業已工作了二十年，不僅是人事部最資深的員工，也是妙思企業裡年資較長的員工，是許多同事們的前輩，但是卻並未感受到年資帶給他的榮譽感。職務屬性造成的薪資天花板，使得沈希江在面對其他部門主管時，總有些自卑，這也令沈希江更是近乎苛刻地要求人事部職員，務求所有人事部的工作都能做到完美無瑕，藉此為自己掙得最後的自信。

雖然那晚俞奕揚借給了邵恭青一件上衣，但是身上還穿著徹底濕透了的褲子，冷得難受，再加上手臂上隱隱抽痛的傷口，都令他無法再繼續留下工作，只好放棄了未讀的三十餘封信件返家。

週四未完的工作，再加上隔天又請了一天病假……

想像著沈希江平日對新進職員大發雷霆的樣子，邵恭青在心裡嘆了口氣，慢慢推開今日分外沉重的玻璃門，準備迎接劈面而來的暴風雨。

走進人事部辦公室，只見一向早到的徐韻慧和林昭慈已坐在辦公桌前，兩人都聚精會神地盯著電腦，十指飛快在鍵盤上擊打著。

徐韻慧聽見玻璃門開啟的聲響抬頭，「恭青哥，早啊！」

「早。」邵恭青瞟了眼盡頭的座位，「希江哥到了嗎？」

「已經到了。」林昭慈說。

邵恭青暗自吞了下口水，小心翼翼地問：「他……看起來心情好嗎？」

徐韻慧先是和林昭慈對看了眼，「五分鐘前總經理打了電話來把他叫走了，不知道有什麼事。不過……看起來臉色不太好。」徐韻慧小心地朝玻璃門方向瞄了眼，「他掛電話時的聲音，我跟小慈都嚇了一大跳。」

辦公室裡平日效能良好的冷氣，似乎突然壞了。

「恭青哥，你不舒服嗎？怎麼臉上都是汗？」林昭慈拿起桌上的面紙遞給邵恭青，「冷氣很強，趕緊擦一擦，才不會感冒。」

「謝謝。」邵恭青才剛抽了面紙，背後的玻璃門已重重彈開，震動的力道，令門框都發出了聲響。

邵恭青簡直想仰天嘆息了。

沈希江臉色鐵青地撂了句，「恭青，你跟我到小會議室！」旋即抬腳就走。

邵恭青只能頭皮發麻地跟上。

進了小會議室，邵恭青還在想該怎麼為自己的失職道歉，沈希江已抑不住激動的心情，跨著大步走了過來，衝著邵恭青高舉起手。

雖然沈希江在辦公室罵人的頻率頗高，但是還不曾對部屬動粗過。

邵恭青陡地一驚，卻也不敢閃避，像是雙腿讓人釘在原地似的，只能閉上眼，等著揮落的拳頭。

但是預期的拳頭沒有落在身上，邵恭青只覺得肩頭上多了隻手，下一瞬，是極度壓抑的哭聲。

「希、希江哥？」事情的發展完全出乎意料，邵恭青簡直目瞪口呆地看著低著頭，一手握著他的肩頭，一手用力捏著鼻樑的沈希江，「你……你怎麼了？」

「總經理說要調你去別的部門。」沈希江用力抹去眼角不受控制沁出的淚，鼻音濃濃地說：「我極力反對，但是沒有用。這幾年人事部的職員來來去去，新進職員總是待不到一年就辭職走了；留得下的，工作態度和表現都普通。公司一直在擴展，需要大量的新進職員，我一個人當三個人……不，根本是當五個人用，我都沒關係……」

眼淚不受控制地洶湧而出，沈希江只得停下話，從衣袋裡抽出手帕抹了把臉，「我好不容易找到能放心交代工作的人，總經理就這麼說拔走我的人就拔走，事先完全不跟我說，也不給我有半點發表意見的機會……我知道人事部在他們眼裡不重要，我們公司的重要人才是有好的創意，能做得出好廣告的人才，是有辦法完成上千萬案子的業務，但是，這麼做，到底把我當成什麼？」

想不出安慰沈希江的話，邵恭青只好把握在手上的面紙遞給沈希江。

沈希江接過面紙，用力擦了擦臉，「算了，創意部是總經理跟董事長眼裡的寶貝，你調去創意部也好，不至於拚一輩子，薪水數字永遠都是那樣了。」

創意部？

邵恭青愣了下，慌張地說：「可是我不是設計相關科系出身的人……我對藝術一竅不通，總經理為什麼要調我去創意部？」

「我也是這麼跟總經理說。」沈希江皺緊眉心，「但是總經理說這是俞總監的意思，他說公司既然要配個隨身祕書給他，與其重新招人，不如直接從公司現有職員裡找，也好幫助他熟悉公司。他的話也不能說全無道理，他又是總經理高薪挖角來的人才，總經理當下就同意了。」

邵恭青震驚得半晌都說不出話，沈希江拍了拍他的肩頭，「我不知道總監的祕書要做些什麼，但是我相信你能做好它。當然，若是哪天你想回人事部，我還是歡迎你的。」

雖然心裡讓乍然的調職通知攪得翻江倒海，邵恭青卻只能強作平靜地擠出兩字：「……謝謝。」

沈希江揉了揉邵恭青的頭，「別當我說場面話，我是說真的！」沈希江嘆了口氣，「俞總監是新來的，也不知道是什麼脾氣，又是總經理的愛將，誰也不敢得罪他。你這個吃虧了也不知道吭聲的傻小子，讓你去替他做事，我還真的是擔心！」

沈希江工作壓力沉重，平日不太與人閒聊，和部屬談話幾乎都是為了訓斥，邵恭青雖然和他當了快兩年同事，始終覺得和沈希江是相當生疏的。

沒想到沈希江其實挺關心他。

邵恭青還在感動，沈希江已收拾起情緒，拍了拍他的背，催道：「快去收拾下，到十四樓去報到，別第一天上工就給俞總監留下不好的印象。」

聽見沈希江這麼一說，邵恭青猛地從思緒裡回神，趕緊匆匆著手調職的事務。

工作的交接無法在這麼短的時間完成，只能先完成報到手續再整理。邵恭青先填了轉換部門需要填寫的表單，而後將桌面上每日慣用的文具收進袋子裡。

打開最下層的抽屜，彎身提起公事包時，瞥見跟公事包一起躺在抽屜裡的大紙袋，邵恭青只覺得心裡一片混亂，釐不清到底是何想法。

今早出門上班前，他將洗淨晾乾摺好的衣服放進紙袋，打算帶到公司還給俞奕揚。

不想和明明無心，卻攪得他心緒大亂的俞奕揚有太多的接觸，他本是盤算著午休時將紙袋交給創意部的任一職員，請人代為轉交，卻沒想到俞奕揚竟然要求總經理將他調到了創意部。

若不是這個人事調動命令沒有商量餘地，他寧願留在人事部，即使一輩子都領著不算高的薪水也無妨。

抽出公事包和紙袋，邵恭青站起身，走至人事部門口，回身環顧待了近兩年的人事部，彎身鞠躬，對匆匆站起身的同事們說：「謝謝大家長久的照顧！」

沈希江將臉埋在螢幕前，抬手揮了揮，「行了，快去報到！」

邵恭青又再次深深一鞠躬，才踩著沉重的步伐，迎接即將到來的未知命運。

+ + +

邵恭青獨自站在電梯裡，看著電梯的數字變換，彷彿又看到那晚，俞奕揚替他包紮手臂時的樣子。

這幾天獨自在家的時候，他總忍不住回想起週四那晚的情景，然後又慌慌張張地強迫自己中斷思緒。

從乍然聽見調職的驚詫裡冷靜下來後，想起往後的日子，他每日都必須跟著俞奕揚，心裡除了忐忑，還有絲絲無法扼止的欣喜。

俞奕揚雖然在他狼狽不已的雨夜給過他幫助，但是俞奕揚看起來不像是個性格好相處的人，在創意部的未來日子，恐怕前程黑暗。

邵恭青拚命在心裡編織著俞奕揚的「可怕」，努力想讓自己的心情沉重點，卻止不住心裡直湧而出的期待，沖得頭有些發暈。

明明一再告訴自己，只是別無它意的調職，但他卻還是摘下了平日在公司裡總戴著的眼鏡。

這副粗框眼鏡是他的保護殼，隔著眼鏡面對同事，一向能令他感到較為自在。

但是他卻不想戴著它面對俞奕揚。

十四樓已到達，邵恭青將視線從電梯顯示的樓層數字上收回，不意瞥見電梯牆上倒影的自己，抑不住上揚的唇。

邵恭青覺得臉頰一熱，抬手按住嘴角，想收起笑容，未料電梯門乍然開啟，無預警與等在電梯門外的人打照面。

俞奕揚微挑眉，略低頭俯看著邵恭青，「你在做什麼？」

俞奕揚突然低頭湊近，邵恭青反射性地後退了步，鞋跟在擦過電梯地板石磚縫時短暫地卡住，將邵恭青絆得踉蹌了下，幾乎要撞上背後的電梯牆，幸得俞奕揚緊急抓住。

驚魂未甫地穩住身，邵恭青還沒來得及道謝，就聽見俞奕揚聽得出嫌棄的話在頭頂響起。

「你手臂上的繃帶是怎麼一回事？」

褚意玫不在，邵恭青沒人幫手，只得自己更換手臂上的紗布與繃帶。僅靠一隻手纏妥繃帶還要綁好固定的結，邵恭青已盡了最大努力，自然是無法再求美觀了。

反正長袖遮著，誰也瞧不見。

卻沒想到俞奕揚抓住他的手臂，發現了單薄的衣料下，胡亂糾纏在手臂上的繃帶。

「傷快好了，而且也沒人瞧見……」

不等邵恭青解釋，俞奕揚抓著他的手臂，拉著他就往辦公室走。

邵恭青怔愣地讓俞奕揚牽著走了好幾步，才回過神，小聲地說：「俞總監，我可以自己走。」

俞奕揚停下腳步，回頭看向一臉尷尬的邵恭青，神情有些不自然地收回手，背對著邵恭青，說：「你跟我進辦公室。」

邵恭青追著大步前行的俞奕揚進了辦公室，關上門，放下手上的文具袋和裝著衣服的紙袋，打開公事包找出報到的表單，恭敬地雙手遞給了俞奕揚，「俞總監，這是我的報到表。」

坐在桌沿，正在從塑膠密封盒裡拿出包紮用品的俞奕揚沒有伸手去接，只微抬頭看了邵恭青一眼，瞟了眼桌面示意，「放那邊。」

邵恭青小心地走向離俞奕揚較遠的桌邊，將表單放到了空闊的桌面上。

邵恭青小聲說：「傷口快好了，其實不包紮也沒關係，我只是怕工作時磨掉新結的痂才包著……」

俞奕揚勾了下手指，「左手。」

邵恭青有些遲疑地伸手，指尖觸及的掌心，一瞬間傳遞而來的溫度，令邵恭青的臉頰微微發熱。

俞奕揚解開邵恭青的袖扣，撩高衣袖，看著手臂上交錯縱橫的繃帶，「包成這樣不僅不能好好做事，對你的手也不好。」俞奕揚瞟了邵恭青一眼，「你有孩子嗎？」

「有，我兒子今年五歲。」

俞奕揚微揚唇角，「他能平安長大，是有福氣的孩子。」

邵恭青尷尬地紅了耳廓，解釋道：「我不會這樣包裹他。」

「我沒說你想謀殺親兒。」俞奕揚回了句不知算不算玩笑的話，而後正色道：「傷口附近有點紅，你有擦藥嗎？」

「沒有。」邵恭青小心地覷了眼俞奕揚，囁嚅著解釋：「我想說傷口不大，應該保持乾淨就可以了。」

「那天下著大雨，地上積水髒得很，也不知道都有些什麼。我幫你塗點藥，若是明天還沒改善，就該去見醫生了。」俞奕揚用棉花棒沾著生理食鹽水擦拭了下邵恭青的手臂。

傷口正在發炎，皮膚微微熱燙。沾著食鹽水的棉棒，在冷氣房裡頗為冰涼，棉棒擦過皮膚的冰涼，令邵恭青忍不住微微一顫。

「會痛嗎？抱歉。」

邵恭青搖了搖頭，「沒有……只是覺得有點涼。」

俞奕揚低低輕笑，「你很敏感。」話說出口後，意識到這句話似乎有點曖昧，俞奕揚匆匆解釋：「我沒有別的意思。」

邵恭青原本未做它想，俞奕揚解釋後，反而覺得尷尬，「不、呃！我是說沒關係，我知道。」

俞奕揚卻一臉嚴肅地說：「不只是方才的話，如果日後我的話有哪裡讓你聽了不舒服，就直接告訴我。」

雖然俞奕揚面無表情地說，但是邵恭青卻很能理解他心裡的痛苦。

相似的疼痛，他曾經歷過太多。

國中時，身形瘦弱，膚色過於白皙，相貌秀氣，令邵恭青跟「邵公主」這個帶著嘲諷意味的綽號相伴了三年。

邵恭青原以為上了高中，同學的年齡增長，就能甩脫因為陰柔氣質而招致的欺凌，未料進入男校，才是他噩夢的開端。

放學後，常被社團學長以訓練為名，逼迫他留下，在眾人帶著戲謔的加油聲裡跑完十幾圈操場；沒有人問過邵恭青的性向，「同性戀」的標籤就直接貼到了他身上。同學們不僅繪聲繪影地編造邵恭青迷戀大家都討厭的同學、學長，故意在邵恭青的面前，用低俗的字眼大聲取笑著他根本不存在的愛情，性騷擾式的霸凌，更是如影隨形地糾纏著他。

即使事隔多年，他依然清楚地記得，那些自以為好笑，其實字字傷人的話，還有那些被惡意扭曲，雙關性事的話。

他記得他說「謝了」，但是四周的人卻挪動桌椅地後退，誇張地連連驚叫。

「邵恭青又發情了，幹！好噁心！我要去洗手，我摸到邵恭青摸過的東西，會不會被傳染？」

「別把帶有邵恭青病毒的手伸過來，有夠噁心的欸！你乾脆把手剁掉啦！」

他記得自己當時不知所措，雖然臉上揚著淺笑，卻覺得全身的皮膚正隨著一句句入耳的嘲笑，讓人硬生生，帶著血肉撕剝而下。

很疼，疼得連喊痛都失去了能力，只能強自麻木，強自心死。

只要什麼都不在意，什麼都不去想，就不會覺得痛苦了。

「邵恭青？」

眼前搖晃的手，將邵恭青四遊的思緒喚回。

邵恭青匆匆為自己的失神找藉口，「抱歉，我只是有點吃驚。」

「吃驚？」

邵恭青尷尬地勉強找個理由掩飾，「我沒想到長官這麼顧慮部屬的心情。」

「長官跟部屬，不都是人？」俞奕揚一臉不以為然，「我是跟人一起工作，不是機器。每個人都愁眉苦臉對著自己，這樣能感到開心，才是心理異常。」

邵恭青先是一愣，而後點了點頭，表示贊同。

「右手。」

雖然覺得隱約知道俞奕揚選他擔任祕書的理由，但是邵恭青還是忍不住想問個清楚，「俞總監為什麼想要我擔任祕書？」

俞奕揚正在拆邵恭青右手的繃帶，聞言，微抬頭，「我需要個知道狀況的私人祕書。」

果然是因為這個理由。

邵恭青覺得安心，卻又覺得說不出的失落，但是只能強自忽視，「我會好好工作，而且絕對不會跟任何人說那天晚上的事。」

「我知道。」俞奕揚的回答，像是對邵恭青為人的信任，邵恭青不由得有點感動，但是俞奕揚沒給邵恭青太多感動的時間，「而且你現在是我的私人祕書了，必須聽我的，若是你想告訴別人，得先好好考慮你身為人質的事實。」

俞奕揚驟然冷肅的神情，令邵恭青不由得背脊發涼。

「你的座位在我的辦公室前，這兩天我不會交代任何工作給你，你把該交接的工作趕緊處理完畢。」

「好。」

俞奕揚打了個結，將繃帶固定妥當，「你可以出去了。」

「好。」

俞奕揚又補了句，「你在我的部門工作，別再叫我俞總監了，就跟其他人一樣叫我總監就好。」

俞奕揚驟冷驟熱的態度，令邵恭青摸不著頭緒，卻也不敢多說，「好。」

4 雙面

之前人事部為了公司大舉徵聘新進職員而墜入加班地獄，已超過三個月，很久沒有在六點準時下班，褚意玫還未回國，邵以倫仍在外婆家未歸，沒有急著回家的理由。邵恭青不想獨自待在屋裡，索性到有陣子沒有去的百貨公司閒逛。

因為工作性質，無論褚意玫是否喜歡名牌，都必須將它們穿戴上身，以顯示品味和身價，才能在客戶面前不顯寒酸。不同於衣帽間裡充斥著高價精品的褚意玫，邵恭青對精品品牌雖不算太陌生，但是卻未曾購買過。

兩年多前，褚意玫第一次順利完成超過五千萬製作費用的廣告案子，拿到豐厚的獎金時，說要好好慶祝一下，就將邵以倫暫時送回娘家，訂了間餐廳邀邵恭青一起去好好吃頓飯。

晚餐前，褚意玫尚有事需要處理，兩人約好在微風松高前碰面。那是邵恭青第一次去逛新光三越。

此後，邵恭青不只一次獨自去逛過新光三越，即使不購買任何商品，但是盈目的閃耀燈光，布置華美的專櫃，只是看著它們，邵恭青彷彿看到了兒時喜歡的人魚童話故事裡，不願意殺死愛人而化成了泡沫的公主，昇華至雲間時夢幻的七彩光芒。

雖然自認藝術品味不高，也不太懂，但是邵恭青卻很喜歡看設計師們耗費心力完成的商品，透過這些商品，他似乎可以看到那些奮力追逐夢想之人的身影。

追逐夢想，像他這樣的人是沒有資格的。

信步走在新光Ａ9與Ａ11間的人行道上，隨意瀏覽著落地窗前各家時尚品牌裝飾的櫥窗，瞥見櫥窗海報上穿著鐵灰色長罩衫，神情冷酷的男模，邵恭青不由得想起了這幾日總在眼前的俞奕揚。

到創意部那天，讓俞奕揚帶著警告意味的話嚇得忘了，邵恭青就這麼將原本打算歸還的衣服，又帶了回家。

人事部的工作交接完成後，急著想熟悉新工作，邵恭青這幾日天天都忙得焦頭爛額，滿腦子充斥的都是工作內容，壓根兒沒心思去想這件事，俞奕揚的衣服就這麼留在他的房裡，像是那個魔法已徹底消失的雨夜，唯一遺留的玻璃鞋。

在海報前停下腳步，抬頭看著目光遠望，不知看向何處，也看不出拍下這張照片時，究竟是何種心情的男模，邵恭青在心底嘆了口氣。

不同於情緒化的沈希江，俞奕揚顯得相當冷靜，然而，雖然工作時大部分時候都不苟言笑，話也不多，但若是聽到有意思的概念，就會像是突然變成另個人似的，神采飛揚地說出一大串話，快得讓邵恭青幾乎無法記下俞奕揚到底說了些什麼。

創意部的職員除了邵恭青和俞奕揚之外，另有五位不同專長的職員，其中負責廣告文案的袁書帆，以及專業在動畫製作的姚艾沛，兩人的性格都頗熱情開朗，雖然邵恭青才轉調創意部門五天，卻已經和邵恭青建立了點交情。

姚艾沛蓄著頭及腰的紅棕色長捲髮，衣著打扮也相當性感，總是穿著露背露腿的裙子，毫不吝惜展現引以為傲的身材。

認識的時間尚短，但是姚艾沛卻很大方地出示了情人的照片給邵恭青看，是邵恭青曾經在時尚雜誌上見過，相貌美豔的女模。

姚艾沛的坦率和自信，都令邵恭青羨慕，但是讓邵恭青更羨慕的，是她能和俞奕揚聊得頗為熱絡，無論是關於工作的話題，或是無意義的閒話。

「邵……恭青？」

邵恭青納悶地循聲轉頭，入眼的是一名相貌有幾分眼熟，拎著個公事包，領帶已扯開，歪斜垂掛在胸前的男人。

邵恭青還在思索這張臉究竟在哪裡見過，男人已經三步併作兩步走近，抓住邵恭青的手臂，說：「我是你的高中同學賈義哲，我們七年前在同學會上見過，你不記得了嗎？」

怎麼可能忘了。

因為性格軟弱，無法強硬拒絕別人，邵恭青推不掉主辦同學熱情至近乎強迫的邀約，只好勉強出席了根本不想去的同學會。

同學會上，曾經輪著在他的身上、心裡留下深刻傷痕的同學們，高聲笑鬧著細數高中時的回憶，那些他們「年少輕狂的玩笑」。

邵恭青獨自坐在隔了段距離的桌角座位，恨不得將自己的腦袋摁進面前的火鍋湯裡，只求能躲避令他難堪不已，極力想遺忘的往事。

「我聽說你和你老婆現在都在妙思工作，你老婆不僅是個大美女，還是妙思的業務經理！太厲害了！你是怎麼追到這麼能幹的老婆的！真是讓我都要對你刮目相看了！」

邵恭青幾乎沒心思聽賈義哲說些什麼。

即使邵恭青拚命想讓自己漠視，卻無法不注意賈義哲緊抓在手臂上的手。雖然隔著層衣料，但是細小的疙瘩不受控制浮現，胃像是讓人狠狠捏住了似的難受。

明明是夏日午後，邵恭青卻冷得想顫抖。

「邵恭青長得這麼娘，一定很小！」賈義哲的大聲吆喝，事隔多年，彷彿還重重捶打在耳膜上。

其他同學鼓譟著紛紛附和，「搞不好他根本沒有！」

「大概沒有我的拇指大！」

「沒……沒這回事！我很正常……」雖然害怕，但是邵恭青還是努力鼓起勇氣駁斥。

「你正不正常，不是你說了算。大家說對不對？」賈義哲搖了搖頭，「正常是什麼，是大部分人決定的。邵恭青，原來你不只是小小鳥，連大腦……」賈義哲敲了敲邵恭青的頭，「也小。真是有夠可憐！」

圍觀的人群爆出震耳的大笑。

「你就是太軟弱，才會被人欺負！男孩子隨便被人家打幾下，就哭著跑回家，出去我都不知道要怎樣跟別人說我是邵恭青的阿爸！」

父親嫌惡的眼神，鄙視的話語，和耳畔充斥的笑聲，一起重重鞭打著他。

邵恭青拚命挺直背脊，努力想表現得強悍，卻藏不住聲音裡明顯的顫抖，「我真的是正常的。」

「那得我們說了算！脫了他的褲子！」

賈義哲一聲大喊，幾個人衝上前將想逃跑的邵恭青撲倒在地牢牢按住，讓賈義哲脫下邵恭青的褲子。

視線全無遮蔽的頂樓，天空在眼底無盡延伸，炙熱的烈日高懸，卻沒有溫暖他，只是漠然俯視，燒灼著被迫赤身裸體的他。

他覺得不能喘息。

但是圍繞著他的人群，卻依舊不罷手，像是一隻隻盤桓在身畔的禿鷹，殘酷地將他最後的尊嚴徹底撕毀、吞噬。

邵恭青不記得那天人群散去後，他獨自在頂樓的圍牆上坐了多久，他不知道自己是怎麼脫離死亡的誘惑爬回，爬回每日依舊持續不斷的地獄裡。

高中畢業雖已多年，他還是不斷地夢見那些惡夢般的日子，夢見賈義哲他們對他的凌辱，一次次從夢裡渾身顫抖地驚醒。

賈義哲抓在手臂上的手，像是隻黏附的渦蟲，令邵恭青渾身寒毛直豎。

「你們公司最近正在大舉徵人，我上週五寄了履歷，但是到今天都還沒有回音，不知道怎麼了。我真的很想要進妙思工作，你能不能幫我個忙？」

邵恭青幾乎不敢相信自己聽見什麼，卻沒有勇氣發怒，只能忍著用力抽回手的衝動，「我不在人事部工作，沒辦法探聽人事部的消息。你再寄一次，也許就會有回應了。」

「你老婆是業務經理，這應該只是小事吧？」賈義哲拿了張名片，將名片硬塞進邵恭青的掌心，闔上邵恭青的手，重重拍了拍，「老同學一場，就幫我個忙嘛！」

邵恭青無法控制地刷白了臉，想逃跑，卻使不出力氣，「我……」

一隻手突然越過邵恭青的眼前，從邵恭青的掌中抽出了名片，「賈義哲？做業務的？」

最近幾日天天朝夕相處，即使不回頭，邵恭青也知道正站在背後的是俞奕揚。

雖然不知道突然插話的俞奕揚是什麼身分，賈義哲還是揚起笑容，自我介紹：「我是邵恭青的高中同學。不知道怎麼稱呼？」

「妙思徵人是看履歷不看關係，如果沒有回音，就是不夠資格面試。既然你是邵恭青的高中同學，也算是他的朋友，都幾歲的人了，連不要給朋友找麻煩這種常識都沒有，妙思是不可能錄取的，不如趁早找別的工作吧！」俞奕揚將手中的名片塞回賈義哲的手上，而後抓住邵恭青的手腕，牽著他轉了個方向，對著邵恭青說：「交這種朋友，只是浪費時間，走吧！」

即使背對著賈義哲，邵恭青也可以想像賈義哲此刻的臉色。

長久沉甸甸重壓在胸口的陰霾，似乎一瞬間輕了許多。

邵恭青感到一種從窒息的壓力中釋放的虛脫感。

邵恭青讓俞奕揚牽著快步走進新光三越，一直到進了電梯，邵恭青才朝俞奕揚彎身鞠躬，「真的很謝謝你！」

沒料到邵恭青會突然這麼做，俞奕揚趕緊攔住，「只是小事……邵恭青，你在哭嗎？」

他一直以為，表現得堅強，成為父親期待的樣子，是他想要的。

但是，聽見俞奕揚透著保護欲的強硬回話，他才發現——原來他是如此深切地期盼，期盼有人能瞭解他的疼痛和無助。

邵恭青想要擠出笑容，卻無法自抑地哭了起來。

「對不起！」邵恭青慌張地拚命抹著眼淚。

「你不要跟我道歉，你又沒做錯什麼。」俞奕揚忙著翻找衣袋，「我的面紙沒了……」

電梯門叮一聲開啟，眼看有人即將走進電梯，俞奕揚情急之下，將邵恭青按到胸前，轉過身，以身擋住邵恭青。

身畔陌生人的低聲交談，邵恭青都聽不見。

充斥耳畔的，只有一聲聲略急的心跳聲，不知是他的，或是俞奕揚的。

一直到電梯裡其他人都已離開，俞奕揚才鬆開手，「我遠遠看你臉色不對，才專程繞過來看看，沒想到會聽到那些話。那個賈義哲真的是你的朋友？」

「不是……他不是我的朋友。」

「我就想你怎麼有這麼厚顏無恥的朋友。」俞奕揚低頭盯著邵恭青，「以前發生過什麼事？你看起來……很怕他。」

邵恭青一時語塞，良久，才說：「都是很久以前的事了。」

「但是它沒有過去。」俞奕揚按下停車場所在的樓層，「你有五分鐘時間考慮，我送你回家，或是你告訴我當年發生何事。我覺得你需要找人談談。」

邵恭青一愣，「但是……」

「明天是週休，我也沒打算工作。工作是我的興趣，但它不是人生的全部。」

俞奕揚已表示不介意打擾，他現在也確實不想回到只有自己的屋子裡，邵恭青掙扎了下，終於還是在電梯抵達停車場時，小聲地說：「總監……想去哪裡？」

「不在公司時，你可以叫我的名字。」俞奕揚一面快步走出電梯，一面說。

明明是很平常的事，邵恭青卻覺得心跳瞬間亂了步調，「好。」

俞奕揚打開車門，坐上駕駛座，待邵恭青繫妥安全帶，將車子駛出停車場，才說：「我帶你回我家，你想下想吃什麼。」

「好。」邵恭青下意識地回答，才吃驚地問：「總監要帶我回家？」

「到我家比較好談話。」俞奕揚先簡短解釋，才趁著等紅燈的空檔，轉頭看著邵恭青，說：「我說了，不在公司不要叫我總監。」

「對不……」

「你沒有做錯事，不要道歉。」俞奕揚倏地打斷，而後調侃道：「叫我的名字有這麼可怕嗎？」

邵恭青耳根微微發熱，「沒有……」

「所以？」

在俞奕揚的盯視下，邵恭青小聲地喚道：「奕揚。」

俞奕揚滿意地挪開視線。

向晚的天空，在夕日隱沒後，很快地徹底黑了。

看著車窗上隱約倒映的身影，邵恭青在心底重複了次稍早喚過的名字，已沉入地平線的夕陽，卻沒有褪去它的溫度，燒燙著他的雙頰。

5 歧路

開啟大門，邵恭青熟稔地摸索牆邊，打開室內的燈，直直走進盡頭的主臥室，推開更衣室的門，在整理得井然有序的衣架上，迅速找到俞奕揚指定的衣服。

客戶突然致電，表示兩個小時後將前往片廠觀看正在進行的微電影廣告拍攝。妙思對創意部的職員特別寬待，俞奕揚不需面對廣告主時，是不穿正式服裝的，只得讓邵恭青趕到他家，替他將更換的衣服取來。

將針織衫、襯衫、褲子一一摺疊妥當，裝進袋中，邵恭青正打算走出更衣室，放在衣袋裡的手機一陣震動。

「導演來電說負責載運道具的司機在路上發生車禍，有一車的道具嚴重破損。你拿了我的衣服後，到社區大樓門口等我，我載你一起去內湖。」

「好。」邵恭青匆匆回傳訊息，提著袋子，快步走出屋內，鎖上門，正打算進電梯，手機又再次震動。

「不用跑太急，我十分鐘後到。」

邵恭青看著訊息，忍不住微笑，「好。」

自從用了一整夜的時間，向俞奕揚傾訴高中時痛苦的往事後，邵恭青這幾個月雖然依舊過著加班得昏天黑地的生活，眼底的世界，卻不再只剩下陰冷得令人窒息的灰青色。

過去連續幾日加班至半夜才返家，卻還是必須天天六點起床趕乘捷運上班時，即使邵恭青已是忍耐力絕佳的人，都油然升起想從生活裡逃走的衝動。

但是調到創意部後的這幾個月，每日睜開眼，一想到去公司就能見到俞奕揚，即使前一天晚上到家時已經十一點多，邵恭青還是能立刻起身準備上班。

他從來沒有想過，叫喚他人的名字，竟能給他帶來如此強烈的感動。

哪怕並沒有說出口，只是在心底想著，都能讓他無法克制地感到喜悅。

「奕揚。」

在心底念著想過無數次的名字，絲絲無法扼止的甜味，夾著揮之不去的酸楚，在心口一點一點滲開。

他知道自己無法克制地心動了。

他曾以為這一生都不會擁有的感情，就這麼毫無心理準備地降臨。

在那個意外遇見俞奕揚的狼狽加班夜，他已然感到心情不受控制地隨之起伏躁動。

他想過迴避，遠遠躲開俞奕揚這個人，躲在跟創意部幾乎沒有交集的人事部裡，忘了偶然的觸動，甚至徹底忘了俞奕揚給他的溫暖。

但是他卻身不由己地成為了俞奕揚的祕書。

雖然管不住自己的心，但是沒有關係，反正俞奕揚不可能對他有興趣。所以沒關係的。

邵恭青摸了摸胸口，在心裡喃喃著自我安慰。

偷偷地，不為人知地愛著一個人，只是他的祕密，不會傷害任何人。

邵恭青反覆以指腹摩挲著左手無名指上的婚戒，強令自己回想結婚時親口承諾的誓言，試圖緩和太過急促的心跳。

「我願意娶褚意玫小姐為妻，無論生、老、病、死，都會陪在她的身旁，不離不棄。」

無論他是否愛上誰，他和意玫的約定，不會變。

走出高級住宅社區裝飾華麗，宛如宮殿入口的大門，熟悉的銀灰色休旅車已停在不遠處的停車格。

邵恭青匆匆走上前，打開車門，朝正在用藍芽通話的俞奕揚點了點頭，在副駕駛座坐下。

結束電話後，俞奕揚轉頭看向邵恭青，「你考慮下晚餐要吃什麼，待會兒路上買，我們現在趕去內湖，九點前是不可能離開了。」

邵恭青暗自一驚，「損毀了多少道具？」

「這次的廣告主是遊戲商，拍的微電影是玄幻背景的戰爭短片，很多道具都是盔甲和兵器，不可能用真的，大多是用壓克力、飛機木、石膏這類模型材料製作的，翻了一車，能斷的都斷了，曹主任已經帶著全部門的人趕過去，艾沛他們也在趕去的路上，晚點就會收到確實的回報。」

「路上若是經過便利商店，我去多買些吃的帶給大家？」邵恭青說。

俞奕揚點了點頭，開啟路況廣播，「也好。」

花了半個多小時的車程，到了妙思位於內湖的倉庫，看到滿地殘破的道具，邵恭青只覺得頭皮發麻。

片廠已經租了，就算不考慮賠償金問題取消承租，但在短期內片廠沒有任何空檔，而這支微電影廣告預計在十二月初發布，宣傳片已經先上架了，根本沒有延期的餘地。

姚艾沛已經到倉庫隔壁的小型工作坊裡換下不方便做工的洋裝，穿著平日難得一見的長T恤和牛仔褲，盤了個丸子頭，卸掉隱形眼鏡，換上紅色粗框眼鏡。邵恭青一時幾乎認不出她。

聽了姚艾沛簡短地報告後，俞奕揚交代了些工作分配的事項，就捲起了衣袖，加入道具修補與製作的行列。邵恭青則忙著從袋子裡拿出飯糰和飲料，一一遞給四處忙著敲打黏貼的同事們。

＋

＋

＋

遊戲公司與廣告公司的職員合力趕工，起早摸黑地趕工了六天，終於將九成的道具都修補重製完成。

今晚六點，氣象局發布了陸上颱風警報，俞奕揚在七點時，就要求沒有車子的職員先全部返家。

遊戲公司位於南港，員工都是騎機車上班，聽到指示後便紛紛離開；妙思的美工部職員大多沒有車子，不是騎機車離開，就是讓曹主任載著一同離去。

七點時尚只聽得劇烈的風響，不到一個小時，雨已滂沱。

怕是再待得晚些，即使開車也走不了，俞奕揚要求仍留下趕工的創意部職員各自駕車離開。

姚艾沛知道邵恭青是通勤上下班，只偶爾讓褚意玫順道載到公司，「恭青，意玫會來載你嗎？」

「應該不行。她雖然下班了，但是如果她要來載我，倫倫就必須跟著一起來。」

「那我載你一程？還是總監要順道送恭青回去？」雖然趕工多日，姚艾沛還是精神十足，聲音響亮。

與兩人隔了段距離，正在翻看道具清單再次確認的俞奕揚抬頭，「我今晚會留在這裡，妳送恭青回去吧！」

「好喔！」

邵恭青吃驚地問：「總監今晚要自己留在這裡？」

俞奕揚仍在翻看文件，隨口道：「我留下收拾下，風雨大，就不走了。」

姚艾沛已走到倉庫門口，向內大喊：「恭青，我要開門了，快過來！風很大，門不關上會飛走！」

邵恭青趕緊應了聲，匆匆追上姚艾沛。

✦

兩人撐著傘，在風雨裡歪歪倒倒地勉強走了半晌，才終於到了姚艾沛的車前。

邵恭青打開車門，坐上副駕駛座，只見姚艾沛剛坐上車，就戴上耳機。

「不好意思，我打通電話。」姚艾沛朝邵恭青歉然一笑，按下通話鍵，「珊，我剛下班，風雨很大，大概要多花點時間……」

姚艾沛正在跟情人通電話，邵恭青不好旁聽，只好努力往車門邊靠。

隔著寒冷的秋雨看獨自矗立在雨中，光線稀微得幾乎看不見的倉庫，想著此刻獨自在倉庫中工作的俞奕揚，邵恭青只覺得心裡說不出的難受。

從認識俞奕揚開始，俞奕揚沒有一次在他需要幫助時丟下他，雖然他不曾開口。

而今，他卻忍心讓俞奕揚獨自在風雨夜留守……

「恭青，你繫好安全帶了嗎？我們準備出發了喔！」

邵恭青咬了咬牙，說：「對不起，妳自己回去吧！我去看看總監需要幫忙什麼！」

不等姚艾沛回應，邵恭青立刻開門下車，趁自己後悔前，匆匆往倉庫大門跑。

邵恭青使盡力氣，才把幾乎無法打開的倉庫門拉開，走進倉庫，一鬆手，大門立刻轟的一聲關上。

雖然已有心理準備，邵恭青還是讓關門聲嚇得微微一顫，俞奕揚則聞聲回頭。

「你怎麼回來了？」俞奕揚驚訝地一愣，匆匆走至邵恭青面前，「你的頭髮和衣服都濕了……艾沛在外等你嗎？讓她多等一會兒，你去工作坊拿吹風機吹一吹再走。」

「艾沛已經回家了。」邵恭青試圖講得平淡點，但是卻控制不住語氣中明顯地顫抖。

俞奕揚見邵恭青凍得止不住地發顫，決定將邵恭青怎麼突然折返這件事擺一邊，握住邵恭青的手腕，快步走進與倉庫相連的工作坊。

打開工作坊裡淋浴間的門，俞奕揚交代：「你把身上的衣服全脫了，然後沖個熱水澡，我去車上拿件衣服給你。」

「好。」

目送俞奕揚的身影消失在眼前，邵恭青拿出衣袋裡的手機，匆匆傳訊息給褚意玫。「今晚總監和我在倉庫留守，我不會回去。」

片刻後，手機震動了下，褚意玫回傳訊息，「風雨聽說會很大，你和俞總監都小心點。倫倫正在洗澡，先這樣，晚安。」

將手機暫時放在淋浴間外的桌子上，邵恭青關上門，迅速褪下一身濕透的衣服，打開蓮蓬頭。

迅速沖了個熱水澡，邵恭青剛關上蓮蓬頭，就聽見門上傳來兩聲輕叩，「恭青。」

邵恭青微微拉開門，卻見俞奕揚看著他，微愣了下，立刻抬手半遮臉，同時別開臉，「我沒有別的意思。」

許久未聽見這句話，邵恭青先是一愣，才意識到俞奕揚為什麼這麼說。

若是不知道俞奕揚性向的男同事，應該不會遮掩著只開啟一道門縫。

不想讓俞奕揚覺得自己將他當成對著男人身體就會產生遐想的人，邵恭青匆匆解釋：「意玫若是在我洗澡時叫我，我也只會稍微拉開門……」

話一脫口，邵恭青立刻驚覺不對，果然看到俞奕揚回過頭，微瞠眼盯著他。

「你……」

不等俞奕揚往下說，邵恭青伸長了手拿走俞奕揚披在手臂上的上衣，匆匆關上門。

一關上門，邵恭青立刻懊惱地抱著頭蹲下，恨不得把自己活埋在淋浴間的地板。

他到底在說什麼？

不敢想像俞奕揚到底會怎麼理解他剛才的話，邵恭青欲哭無淚地穿上俞奕揚的上衣，旋即意識到一個大問題。

褲子該怎麼辦？

雖然俞奕揚比他高了許多，又是版型較長的針織衫，穿在身上，長度近膝，但是沒有褲子，卻仍是讓邵恭青覺得涼颼颼的，有種其實他身無寸縷的錯覺。

邵恭青拍了拍臉，努力試圖冷靜點，而後打開門，與仍等在門外的俞奕揚四目相接。

一見到俞奕揚，涼颼颼的感覺更強烈了。

邵恭青窘得彆扭，直想伸手去壓衣襬，卻拚命忍住，在心底一再自我提醒，不要讓自己看起來像提防裙襬飛揚的女人。

邵恭青還在煩惱該怎麼向俞奕揚解釋自己稍早脫口的話，卻聽見俞奕揚說：「抱歉，車上只有一套衣服，而且我的褲子你也無法穿，所以只能借你上衣。風雨太大，窗子不能開，所以空調不能關上，你弄乾頭髮後，就到車上去待著吧！」

「好……謝謝。」

邵恭青匆匆伸手抓走俞奕揚掌心的車鑰匙，不敢再多看俞奕揚一眼，低著頭與俞奕揚擦身而過。

6 墜落

雖然非常希望在俞奕揚上車前睡著，藉此躲避對話，但是未著寸縷的感覺，卻令邵恭青無法克制地渾身僵硬，睡意都逃去無蹤。

聽見車門開啟的聲音，邵恭青不由得循聲轉頭，與俞奕揚對看了眼，卻見俞奕揚微揚眉，而後一面笑著，一面坐上車。

「你為什麼要這麼直挺挺坐著？簡直像小學生聽訓。」俞奕揚關上車門，將手中的毯子遞給邵恭青，自己則拉低椅背，拿長風衣充當被子，在駕駛座躺下，「颱風眼還在海上，不知道明天中午時風雨會不會有機會小點。」

俞奕揚已在身畔躺下，邵恭青不好繼續坐著，只好也降下椅背，跟著躺平，「希望颱風快點離開。」

「你跟褚經理說了今晚要留在內湖嗎？」

「嗯。」

「她沒有念你幾句？」俞奕揚沒等邵恭青回答，逕自往下說：「若是我媽，一定會狠狠罵我爸一頓，整晚就坐在客廳裡等他。」語罷低低一笑。

話題不再打轉在自己身上，邵恭青鬆了口氣，「你的父母感情真好。」

「但是我媽到現在都沒有想明白過，為什麼我爸什麼都不肯跟她說，就自殺了。」

出乎意料的發展，邵恭青結結巴巴地想說些什麼，試圖安慰俞奕揚，「對不起，你爸的事我很遺憾……」

沒等邵恭青說完，俞奕揚又繼續往下說：「他自殺的時候，我已經十八歲了，正在法國念大學。雖然不能完全理解我爸的選擇，但是我可以試著去理解他，可是我媽和我弟深受打擊。喪禮結束後，我媽有近半年，瘋狂打聽觀落陰、牽亡這些她過去從來不肯接觸的儀式，聽說哪間宮廟很靈，不管多遠，不管需要花多少時間，她想盡辦法也會去。我弟那時才十四歲，我爸突然走了，我媽整天不見人影，我又在法國，他連個可以倚靠的對象都沒有，就得了憂鬱症。」

「你弟弟現在……」

「他現在很好。當年他打電話跟我商量，說覺得自己不太對勁，想去看精神科醫生。我告訴他，那是對的，他應該相信自己的判斷。他獨自去見醫生，在候診時，有個人向我弟自我介紹，自稱是我爸大學的社團朋友，曾見過我弟的照片，所以認得他。」俞奕揚沉默了下，才繼續往下說：「一直到四年後，我弟已成年，才知道這位陪他看了一年精神科的嚴叔叔，是我爸已經分手多年的情人。」

邵恭青遲疑地問：「你爸自殺的原因……是因為他嗎？」

「不全是。」俞奕揚嘆了口氣，「他們雖然分手了，但是卻仍維持書信聯絡。嚴叔把我爸寄給他的信給我看過，我爸一直很歉疚，對於他無法用同樣的感情回報我媽這件事。他很後悔過去做了錯誤的決定，因為害怕他人異樣的眼光，也不想讓父母失望，聽從父母的安排娶了我媽，耽誤了她一輩子。每次看到我媽望著他的眼神，他就覺得很痛苦。」

「你媽……知道這件事嗎？」

「後來知道了。她說，她不怪我爸不愛她，但是，她不能明白他為什麼不告訴她。」

「你爸應該是不希望她跟著他一起痛苦，所以沒有說，而且……他不知道她聽了，會用什麼眼光看待他。」邵恭青心有所感地說：「高中時的那些事，我也沒有告訴過意玫。我覺得……即使不是情人的愛，他還是愛著她的。」

「但是，這種愛情，卻不能支撐他陪我媽走完一輩子，因為他始終覺得那不是她要的。你覺得當年若是我爸向我媽坦白一切，他們現在會幸福嗎？」

想起褚意玫，邵恭青不由得啞然，半晌，才低聲說：「我不知道。我想，這種事不是當事人，誰也不知道，即使有相似的經歷也是不同的。不是因為相愛才結婚的兩人，也可能一起過日子……如果都不愛對方，也就無所謂。」

「你是這樣結婚的嗎？」

邵恭青不知該如何回答。

他不想對俞奕揚說謊，特別是在他剛聽了俞奕揚陳述心事的此刻。

他知道這段時間朝夕相處，俞奕揚必然發現了些什麼。

說謊，無法掩蓋事實，只是讓兩人走遠。

那不是他想要的。

「意玫……確實不是因為愛情跟我結婚的。」

雖然以主動吐露祕密的方式想換取邵恭青交心，但是俞奕揚並沒有把握邵恭青會因此願意向他傾訴祕密，原以為邵恭青很可能還會再試圖遮掩，未料邵恭青就直接對他坦白了。

俞奕揚心裡有些激盪，卻沒有說出口，只是淡淡道：「很多同事都這麼懷疑過，只是大家也想像不出其他可能的理由。」

「我知道，」邵恭青自嘲地一笑，「我長得不高，臉也不出色，不僅學歷不及意玫，收入也遠低於她。我也不覺得她會愛上我。」

「身高、臉、學歷、收入，這些是一個人會不會得到愛情的所有理由？」俞奕揚即使克制著語氣，但是卻無法徹底隱去言詞中透露的犀利。

「我知道不是。」邵恭青悶悶地說：「但是我也沒有其他優點。」

「你怎麼會沒有其他優點？」俞奕揚失笑，「你是我所有認識的人中，耐性最好的人。」

邵恭青苦笑，「我只是太懦弱，不敢發脾氣，我不知道怎麼面對跟別人起衝突的情況。」

「但是你沒有放棄你的原則。像是那天，你也沒有答應你那位高中同學的無理要求。」俞奕揚低聲說：「我不知道褚經理怎麼看你，但是你在我眼裡，不是你以為的那樣。」

因為無法達成父母的期待，又經歷過太多殘酷的嘲弄，邵恭青即使知道那些都是不對的，卻也無法不受影響，只當俞奕揚是在安慰他。

邵恭青無奈地說：「意玫若不是為了保護她的孩子，沒有其他路可以走了，她是不會跟我結婚的。」

俞奕揚微攏眉心，「你是說……」

「倫倫不是我的孩子，雖然他對我而言，確實是我的孩子。」雖然這個婚姻是自己選擇的，當年也設想過若是他人知情，可能遭遇的批評，邵恭青卻下意識地閉上眼，不想面對俞奕揚看他的眼光，「意玫是我的大學學姐，我和她大學時就認識了，後來又讀了同個所，她一直是我很崇拜的學姐，而我是她很信任的朋友。我剛考上碩士班的那年冬天，一天晚上，她打電話給我，約我和兩個學姐一起去她的租屋處吃宵夜。她知道我的酒量不算好，遠不及她，但是那天晚上，她卻一直勸我多喝點，我喝得很醉，就睡在她的租屋處……」

一覺醒來，宿醉的頭痛，令邵恭青直有頭要裂成兩半的驚悚想像。

邵恭青仍在揉著額側，試圖緩解疼痛，卻覺得身下的床墊微微一陷，有人挪近他的身側，而後伸手貼上他的額際。

突然的觸摸，令邵恭青驚得瞬間徹底清醒，猛然轉頭，卻赫然見到僅穿著貼身衣物的褚意玫。

邵恭青覺得大腦像是給人炸了似的轟隆作響，什麼都無法想，只記得手忙腳亂地穿回衣服，逃命似的跑了。

「……那夜之後，我一直躲著再見她，直到一個多月後，意玫突然聯絡我，說她有要事跟我談，叫我去她的租屋處。我一進門，才關上門，她就說，她懷孕了，是我的孩子。」

一向無法強硬否定他人意見，邵恭青不知道自己是哪裡來的勇氣，脫口道：「不可能！」

「你必須負責任。」褚意玫的語氣相當強硬。

邵恭青沉默了片刻，看著雖然強作冷靜，但是臉色已不受控制發白的褚意玫，低聲喚道：「學姐。」

邵恭青這聲叫喚，像是給褚意玫扎了記燒燙的火針，她簡直當場要跳起來，近乎尖叫地說：「你不想負責？我……我可以告你，對！我會告你！告你……」或許是沒料到一向軟弱的邵恭青會否認，褚意玫一下子慌了，在房裡踱著步轉起了圈。

和褚意玫認識數年，第一次看到她如此慌亂。

邵恭青雖然心眼不多，卻不是個粗心愚笨的人。

褚意玫一定發生了什麼事，才讓她出此下策。

邵恭青想了想，決定先坦白，「我對女人沒有興趣。而且……那晚我太醉了，什麼都做不了。」邵恭青雖然心裡不忍，但是覺得還是該把話說到底，「如果妳堅持，我可以等妳把孩子生下來，做親子鑑定。」

褚意玫圓瞪著杏眼，不知道究竟是為了邵恭青出乎意料的冷靜，還是他突然出櫃這件事。

「你……你真的……」一向口舌流利的褚意玫結結巴巴地幾乎說不成句子。

「真的。」邵恭青困窘地微紅了臉，囁嚅道：「我試過，但是沒有辦法。」

褚意玫一下子洩了氣，雙腿一軟，失神地跌坐在床沿，「怎麼會……我以為你只是一直單身……」

邵恭青走上前，在褚意玫面前的地板上坐下，看著臉色慘白的褚意玫，「學姐懷孕了，也想把孩子生下來，為什麼不告訴孩子的爸爸？」

褚意玫的眼眶瞬間紅了，激烈地起伏著胸口，連連深吸了幾次氣，才說得出話，「我不可能告訴他！這個孩子是我的！在他隱瞞他在美國已婚的事實追我時，他就再也別想從我這裡得到什麼！」

邵恭青在腦中搜索比對著褚意玫追求者的資料，「藝術系的方教授？」見褚意玫點了點頭，邵恭青露出吃驚的臉，「他不是單身嗎？」

「我有聽說過他在美國留學時，似乎有女朋友，所以一直拒絕他的追求。後來答應交往前，他還給我看過身分證，配偶欄確實是空白的。」褚意玫面露憤恨之色，「誰知道他竟是在美國登記結婚了！半年多前，他的妻子拿到學位歸國，發現她懷孕了，他不得不跟她在臺灣也登記結婚。我原本不知道這件事，三個多月前，突然有個陌生女人跑來指著我叫罵，說我不要臉，勾引她的丈夫，她一定會讓我付出代價。我當時只當她是胡言亂語，沒想到竟然是真的！」

褚意玫又深吸了口氣，努力緩和太過激動的情緒，「我很不甘心，想要證明我是真的不知情，但是我找了律師詢問，試著想蒐證，才發現那些他向我保證未婚的話，都沒有留下證據。我不想因為感情事引人注目，沒有告訴任何人我和他交往，也沒有人能證明我們在他未婚前就已經交往……當然，他的妻子說要告我，也找不到其他證據，除了我的孩子。」

邵恭青聽得簡直目瞪口呆，「這……簡直像是從一開始就精心設計安排的陷阱。」

「對！」褚意玫氣得無法克制地顫抖，「他竟然還說，他原本打算一個國家一個妻子，他沒有辜負誰。」

邵恭青徹底呆了，無法想像褚意玫聽到這句話時的心情。

「如果我不能找到人跟我結婚，當孩子的爸爸，我就一定得拿掉孩子，不僅是因為孩子是婚外情的證據，我爸要是知道我未婚懷孕，還是婚外情，他一定會打死我！」褚意玫用力握緊拳頭，「可是我不想拿掉我的孩子！這是我的身體，我想留下他，我說了算！誰也不能奪走他！」

或許是褚意玫的決心震撼了他，抑或是兩人同樣有個令人畏懼至無法坦白自身痛苦的父親，令邵恭青產生同病相憐之感，邵恭青脫口道：「我娶妳。」

褚意玫一呆，「恭青？」

「我的性向，也是我不能向家人坦白的祕密。」邵恭青摸了摸臉，不太好意思地說：「我甚至連去找個男人談戀愛的勇氣都沒有。我真的很佩服妳。」

雖然與預期的情況迥異，但是目的眼看著依舊要達成了，褚意玫卻反而猶豫了起來，「但是，你如果和我結婚，你就更不可能找到愛你的人……」

「沒關係的。」邵恭青努力讓自己看起來不太在意地微笑，「反正本來就不會有人愛上我。」褚意玫皺緊眉心，邵恭青卻當做沒看到，自顧自往下說：「但是，學姐，妳要救我，我突然帶著懷孕的女友回家，我怕我爸會打斷我的腿！」

邵恭青故意露出害怕的表情，逗得褚意玫忍不住大笑。

「……意玫對我很好，我知道我們很奇怪，但是如果不是她，我沒有家。」邵恭青黯然道：「高中時我天天在校被同學欺負，我曾告訴我爸媽，但是他們卻沒有支持我，只是責怪我太軟弱，我爸甚至在我傷痕累累的回家時，還打了我一頓，把我趕出家門，說他沒有我這麼沒用的兒子！考上大學以後，一直到意玫跟著我回家前，我一次也沒有回家過。」

「你爸媽的期待，不是你一定要達成的責任。」

「我知道，」邵恭青拚命地笑著，想讓自己看起來毫不在意，「但是沒有關係。我和意玫結婚，其實是我撿了便宜，真的。不會有人愛上我，但是我真的不想再孤身一人了……」

俞奕揚突然起身靠近，手撐著邵恭青正躺著的座椅，俯身，兩人的視線交會，邵恭青未完的話，瞬間忘了怎麼說。

俞奕揚的眼神，令邵恭青連自己驟然急促的心跳聲，都無法聽見。

他的世界的其他似乎在這剎那都消失了，只剩下眼前這雙注視他的眼睛。

邵恭青就這麼怔愣地盯著俞奕揚，直到俞奕揚吻了他，才猛然回過神。

但是俞奕揚的下一句話，卻令邵恭青徹底傻住了。

「別再說不會有人愛上你……除非在你的眼裡，我不是人。」

7 兩生

聽見開門的聲響，還有邵以倫開心的歡呼聲，褚意玫從房裡快步走出，倚在玄關前的屏風邊，看著正蹲在地上繫鞋帶的邵恭青。

「你今天又要帶倫倫去附近的大學玩啊？」

「前幾天都在下雨，今天難得天氣不錯，我帶他去走走，也省得打擾妳工作。」

「哇——！我竟然有單身假日了耶！好棒！」褚意玫蹲下身，玩笑地捧著邵以倫的臉，用鼻子蹭了蹭兒子小小的鼻子，逗得邵以倫咯咯直笑，「我真是上輩子燒好香了才嫁對人，你們父子倆好好去玩吧！」

邵恭青牽起邵以倫的手，「跟媽媽說再見。」

邵以倫笑容滿面地揮了揮手，「再見！」

褚意玫笑著揮了揮手。

「玩開心點！路上小心。」

邵恭青牽著邵以倫鎖上家門，刷了感應卡，進了電梯，電梯門剛關上，邵以倫已迫不及待地追問：「爸爸，今天俞叔叔會來嗎？」

邵恭青看著一臉期待的兒子，一時啞然。

他不過是在某一次跟俞奕揚閒聊時，說了句假日若是天氣好，他會帶邵以倫到離家車程不算太遠的大學去玩，俞奕揚就想辦法在大學裡找到了他們。

邵以倫今年已經五歲，仍常撒嬌地討抱，但是褚意玫跟邵恭青都不算健壯，兩人抱著他都頂多撐個十分鐘，就得放下。

俞奕揚的身材高大，邵以倫和俞奕揚一見如故，自從俞奕揚陪著他玩了一次，邵以倫就一直惦記著這個可以舉起他，扛著他坐在肩頭玩耍的大玩伴。

自從在大學裡遇見過一次後，在大學裡「偶遇」成了非常頻繁的事，十次裡，至少有個六、七次。

「應該……會吧。」邵恭青下意識地按了按放在褲袋裡的手機，彷彿它長出了腳，一不留神，就會不受控制地偷偷跑向他想見又不想見的人所在的地方。

邵以倫一臉失望，「爸爸不能找俞叔叔跟我們一起去玩嗎？」

邵恭青不由得失笑，揉了揉兒子的頭頂，「俞叔叔很忙，我們不能造成人家的麻煩。」

邵以倫乖巧地點了點頭，「好。」

邵恭青牽著邵以倫走出電梯，正想走向停車位，手機鈴聲突然大作。

邵恭青簡直聽見自己的心跳跟著手機鈴聲一起尖叫。

邵恭青手忙腳亂地匆匆拿出手機，飛快解了鎖，「喂、呃，我是恭青。」

「我知道你是。」電話那頭傳來一陣低低的笑聲，「你們今天也到大學去嗎？」

邵恭青低頭看著仰頭看向自己的兒子，想壓住嘴角，卻無法控制地上揚，「對。」

「我在側門的停車場等你們。」

從邵恭青的表情讀出了想要的消息，邵以倫開心地大聲歡呼，「耶！」

「噓！」邵恭青趕緊做了個噤聲的手勢。

「我好像聽見倫倫的聲音。幫我跟他說，我們待會兒見！」

邵恭青看著圓睜眼直盯著自己的兒子，對於俞奕揚和兒子迅速建立的友誼，既開心又無奈，「……好。」

邵以倫非常喜歡俞奕揚，解決了他曾擔心過，俞奕揚在他們父子獨處時來找他，可能令邵以倫不悅的問題；但是一想到邵以倫這麼喜歡俞奕揚，若是日後知道了他們的關係，不知道會有什麼反應，邵恭青就又忍不住憂慮。

想阻止俞奕揚再到大學來找他們，卻又捨不得。平日上班的時間太長，在辦公室裡縱然朝夕相對，眾目睽睽之下，邵恭青也只能將俞奕揚當做主管對待。

即使無法獨處，見了面也做不了什麼，但是只要能在假日相見，就已讓邵恭青難以割捨。

車子駛進停車場，遠遠，已瞧見正站在入口處的樹旁等待的俞奕揚。

邵恭青放慢車速，將車子停妥，解了車鎖，已快步走近的俞奕揚打開後車門，彎身探進車中，一面解開兒童安全座椅的安全帶，一面說：「我先帶他下車。」語罷牽著邵以倫下了車。

邵恭青確認了下該帶的隨身物品，又發了條ＬＩＮＥ給褚意玫，知會她兩人已到達大學，等到開門下車時，只見邵以倫坐在俞奕揚的肩上，兩人在停車場邊的樹下，不知道看些什麼。

邵恭青走向兩人，邵以倫先發現了他，興奮地直招手，卻是小聲叫喚：「爸爸！你快過來看！」

「好。」

邵恭青快步走近，在俞奕揚身畔停步，抬頭望去，正停在樹枝上的，是來臺過冬的嬌客赤腹鶇。

「牠長得好可愛！」邵以倫開心地說。

邵恭青正想答話，身畔的人突然悄然握住他的手，拉走了他的注意力。

邵恭青回眸，和俞奕揚視線在空中無聲交會。

兩人默然凝睇，時間彷彿瞬間靜止。

俞奕揚悄然鬆手，若無其事地扶著邵以倫，「走吧！我們去草坪看狗狗！」

「好！」

邵恭青微微揚著唇角，默默跟著俞奕揚往前走，感覺指尖殘留的溫度，令撲面的北風，都溫暖了。

＋

＋

＋

由於今年的年假，加上週休與彈性放假，一共休了九天，使得初三晚上，平日充滿了異鄉人，市聲鼎沸的臺北，冷清得恍似已閒置荒廢多時的舊城。

褚意玫初六要飛香港，初二回娘家後，就直接從娘家去香港，所以這次年節返鄉，邵恭青不再和褚意玫各自駕車南下，而是開一輛車，去程由褚意玫開車，回程則將車子交由邵恭青駛回。

平常哪怕幾乎沒有時間說些工作以外的話，至少能相見，但是放了年假，不能相見，邵恭青才第一次感受到什麼叫做思念磨人。

初二將褚意玫和邵以倫一起送到褚家後，邵恭青只覺得每個小時，都長得像是過了一天。

想傳訊息給俞奕揚，但是少了深得邵家二老喜愛的褚意玫和邵以倫替他吸引大家的注意力，他只是忍不住瞧了兩、三次手機，就讓邵母板著臉訓斥：「好不容易放假回家，還整天盯著手機，也不跟家人好好聊聊，都幾歲的人了，還這麼不懂事！」

讓母親責備了一頓，邵恭青只好將手機的電源暫時關了，想藉此強自斷絕和俞奕揚說幾句的念頭，迫使自己專心加入家人的話題，卻總是無法控制地恍神。

無論聽見了什麼，總是不由得想著，若是俞奕揚聽見了，不知道會有什麼反應？

勉強又待了一天，邵恭青就再也待不住了，初三晚上就以工作為藉口，匆匆忙忙趕回臺北。

邵恭青在社區大門前暫停，以遙控器開啟車道的閘門，警衛室的保全打開車窗，朝他揮了下手。

「新年恭喜！怎麼這麼早就回來了？」

邵恭青朝保全回以一笑，沒有回答。

即使保全的詢問只是寒暄的客套語，邵恭青卻覺得心虛。

停妥車子，走進電梯，邵恭青掏出衣袋裡的手機，看著稍早的線上對話訊息。

「你今天就回臺北？什麼時候到？」

「車況還好，過新竹後就沒有塞車了，大概再一個小時就到了。」

「回臺北後，你有什麼打算？倫倫跟你一起回來了嗎？」

俞奕揚最後傳的一則訊息，他遲遲沒有回覆。

雖然褚意玫出差時，常常將邵以倫託給褚家人照顧，但是若是年假出差，邵恭青一向是不會將邵以倫託給褚家人照顧的。

初二送褚意玫和邵以倫去搭高鐵北上時，邵恭青一度有想阻止褚意玫帶走邵以倫的衝動，卻終究沒有說出口。

明明應該是一家團圓的年節，卻將兒子託給岳父岳母照顧，自己一個人跑回臺北……

雖然邵恭青在心裡一再拚命自我安慰，初六一早，他就會去桃園將邵以倫接回家，他沒有拋下兒子不顧，但是卻無法消除心底的負疚感。

他覺得自己大概是瘋了。

手指在手機螢幕上輕觸，打上的字，卻又一再地消除。

雖然管不住自己地跑回了臺北，也非常想見到只要他回覆一句，就旋即能見面的人，但是邵恭青卻遲遲無法將訊息送出。

即使婚姻是假的，但是承諾是真的。

颱風夜無法控制地出軌後，這幾個月，他一直不斷地掙扎，不相見的時候，總是一再地想著，想要告訴俞奕揚，不要再繼續下去了，他沒有和任何人相戀的資格；但是等到見了面，分手的話，卻一個字也說不出口。

「我很想見你」，短短五字，不到數秒的時間就能輸入完畢，送達，更是短得不及一秒的時間，但是邵恭青卻用了快半小時，還是無法順利完成。

緊緊握在掌心的手機，濡上了層汗，操作變得相當困難。

邵恭青盯著螢幕上費了半天功夫才終於輸入完成的五個字，想刪，下不了手，卻又送不出去。

邵恭青還在掙扎，手機突然鈴聲大作，邵恭青一驚，已讓汗水濡得濕滑的手機瞬間脫手，手忙腳亂地抓住，定睛一瞧，卻發現自己將訊息誤送了出去。

邵恭青只覺得渾身的血液瞬間倒流了。

有半晌，邵恭青只能石化地盯著手機，任手機鈴聲不斷地響著，響著，直到它終於將他喚回神。

邵恭青匆匆按下接聽鍵，「恭青，你怎麼了？車況還順利嗎？」

聽見褚意玫的聲音，邵恭青一瞬間有了想哭的衝動。

邵恭青蹲下，蜷起身，緊抓著電話，像是它是他此刻唯一的浮木，「很順利。」

「那就好，我看你這幾天都沒什麼精神，回臺北後好好休息吧！」

趕在褚意玫結束電話前，邵恭青脫口：「意玫！」

「怎麼了嗎？」

「香港，我想……」

我想請妳帶我一起去，像當年一樣，從現實裡逃走。

邵恭青在心底吶喊。

卻說不出口，一如他想和俞奕揚分手的話。

等了片刻，一直沒等到下文，褚意玫索性自己猜，「你想要什麼嗎？」褚意玫低聲輕笑，「我每次出差，問你需不需要什麼，都說不用，難得你有想要的東西。儘管說，就是想買座雕像我也給你弄回來！」

褚意玫這麼一說，邵恭青反而更說不出口，「我、我下次跟妳去吧？」

「好啊！就這麼說定了！倫倫在找我，不多說了，晚安。」

結束電話，螢幕畫面瞬間一變，跳出了稍早傳來的訊息。

「我在你家樓下。」

看著俞奕揚傳來的訊息，邵恭青先是一愣，回神後，猛地站起身，衝進電梯。

衝出社區大門，少了商店招牌燈的街道，較平日昏暗了許多，但是站在門柱邊的身影，卻令邵恭青眼前的世界驀地一片明亮。

邵恭青重重喘著氣，或許是因為急速奔跑，感覺心跳急速得令他暈眩，「你……在這裡等很久了嗎？」

「一會兒。」俞奕揚輕描淡寫地說，而後微微一笑，「不請我上樓嗎？」

看著俞奕揚從原本的微笑，逐漸加大的笑容，邵恭青終於後知後覺地意識到他盯著俞奕揚出神了，「啊？好！」

邵恭青匆匆低應了聲，糗得直想掀起門前的地磚，給自己找個洞躲。

「走吧！」

邵恭青跟著俞奕揚往回走，聽著俞奕揚神態自如地和大廳裡的保全簡短寒暄，也想表現得平靜些，卻管不住臉上蔓延的熱度，只能略低著頭掩飾困窘。

電梯門開啟，邵恭青快步走上前，想開啟門上的密碼鎖，卻一再輸入錯誤。

自家的門鎖密碼也能背錯，邵恭青尷尬地低聲說：「對不起，我一下子忘了中間的號碼，我想一下……」

一直到聽見電梯門在背後闔上的聲音，俞奕揚才自背後環抱住滿臉通紅地跟門鎖奮鬥的邵恭青。

「我也很想見你。」

拂在耳畔的氣息，令邵恭青腦中好不容易搜尋到的數字，又瞬間消散了。

密碼鎖再次發出輸入錯誤的聲音。

邵恭青挫折地對著密碼鎖無言了片刻，在心裡天人交戰地掙扎了下，雖然丟臉至極，還是只能硬著頭皮低聲說：「可以請你……先站遠點嗎？」

俞奕揚先是一愣，旋即忍不住大笑。

浴室裡的水聲漸歇，打在耳膜上的心跳聲，漸漸清晰。

邵恭青閉著眼，拚命想催眠自己，但是，事與願違，越是想讓自己入睡，卻反而驅散了冗長的車程所積聚的一點睡意。

浴室門開啟的聲響，令邵恭青短暫的呼吸一窒，雖然俞奕揚已盡力隱藏活動的聲響，但是，他卻仍清楚地聽見浴室的燈發出噔的一聲輕響，熄了，聽見俞奕揚躡著腳步，悄悄走近床側。

床沿微微傾陷，他知道俞奕揚在床沿坐下，明明身上正裹著羊毛冬被，他卻覺得靠近俞奕揚的腿側，熨著了俞奕揚的體溫般微微發燙。

他知道自己根本不該答應讓俞奕揚來家裡找他，不該帶著俞奕揚走進屋子——這是他和褚意玫的婚姻所劃定的家，是他不應該讓俞奕揚闖入的範圍。

但是，年假短短的幾日分隔，卻讓他瘋了般的想念著不在眼前的俞奕揚。平常幾乎日日相見，兩人因為工作，又幾乎形影不離，雖然因為戀情不能為人所知，兩人少有機會以情人的姿態相對，但是，他倒也不覺得特別難捱，直到年假不能聯絡的分別，才讓他第一次嘗到思念的磨人滋味。

俞奕揚仔細略調整了下被子，將邵恭青密密實實地遮著，熄了床頭櫃上的檯燈，在邵恭青的身畔躺下。

稍早兩人進門後，雖在玄關處糾纏了片刻，邵恭青卻終究是跨不過心裡的障礙，阻止俞奕揚解開他的衣扣，以疲倦為理由推辭，旋即進房梳洗。

兩人交往以來，俞奕揚一向非常順著他，明白邵恭青沒有明言的拒絕，俞奕揚也無意勉強他，就這麼在房裡等著邵恭青梳洗結束。

俞奕揚在邵恭青走出浴室，坐在床沿整理頭髮時，接手吹風機，替邵恭青吹整頭髮，末了，摸了摸邵恭青的頭，低聲叮囑了句：「你累了就先睡吧，不用等我。」才走進浴室裡。

俞奕揚毫無怨言的配合，勾動了邵恭青心裡的愧疚感，怎麼也無法心安入睡。強自閉眼在床上又躺了片刻，邵恭青在心底嘆了口氣，終於還是妥協地睜開雙眼。

關了燈後，只剩下自落地窗簾間隱約透入的些許光線，房裡一片昏暗。

邵恭青側過身，面向近在咫尺的俞奕揚。背對著落地窗的俞奕揚，徹底隱藏在夜色裡，邵恭青幾乎瞧不見他的模樣。

中學時的霸凌經驗，使得邵恭青畏懼在光線下裸露身體，但是，卻也不喜歡黑夜。夜裡入了夢，夢是他掙不脫的囚牢，他在無數個夜裡，在夢中一次一次重新經歷著遭到欺凌的痛苦。

即使邵以倫曾經在他的身畔陪伴他入睡，但是，入了夢，他依舊孤身一人，孤零零地置身在沒有人施以援手的絕境中。

直到俞奕揚闖進了他的生活，闖進了他的夢，終於打碎了在他夢裡揮之不去的孤絕。中學時的經歷，使得他雖然喜歡男人，卻同時也恐懼男人。他的朋友不多，其中更是少有同性。公司裡的男同事聚會，他更是完全無法融入，一想到要置身在只有男人的空間，就讓他感到彷彿被掐緊脖子般的瀕死恐懼。

他雖然無法控制地受到俞奕揚的吸引，也喜歡待在俞奕揚的身邊，但是，俞奕揚向他求歡時沒有距離的貼近，以及只有兩人，別無他人的私密空間，卻令他一度也感到恐懼，更無法自制地泛起了層細細的疙瘩。

他不想讓俞奕揚察覺他在俞奕揚靠近時的恐懼反應，於是，他以在光線下裸身不自在為理由，要求俞奕揚熄燈。

熄了燈後，他雖然看不見俞奕揚，但是兩人幾乎日日朝夕相對，俞奕揚的氣息，他卻是做夢也不會忘記，他仍是清楚地知道正環抱著他的是何人。

隱身在黑暗裡的情人，因為視線不清而顯得遲滯，太過小心以至於近乎笨拙的撫摸，想著情人的憋屈，令他心裡隱隱泛疼，卻意外地讓兩人太過靠近時的壓迫感，徹底消失。

他覺得自在許多，甚至興起了幾分捉弄俞奕揚的玩心。那是平日對著神情冷峻的俞奕揚，他無法想像的事。

邵恭青盯著俞奕揚瞧了片刻，面前的人呼吸平穩，似乎是真的睡著了。邵恭青偷偷挪向俞奕揚，伸長了腳，以腳心貼上俞奕揚的腿側。

腿側突然的冰涼，令俞奕揚一下子驚得清醒。

「恭青？」

「我覺得有點冷。」

俞奕揚抓住被子，摸索著想把邵恭青徹底蓋住，邵恭青卻抓住他的手腕，順著手臂摸索，攀上了他的肩頭，埋進了他的懷裡。

俞奕揚挪了下身，以便環抱住邵恭青，卻聽見邵恭青的聲音，在耳畔悶悶響起。

「你讓我覺得我很過分。」

俞奕揚聽得一頭霧水，正想問，邵恭青卻掀起他的上衣，指尖自腰線游走，順著背脊，一圈圈緩緩畫著摩挲他的背，俞奕揚未說出口的話，驀地止了。

邵恭青以帶著情欲顏色的嗓音，啞聲低喃：「我的手很冷吧？」

俞奕揚抓住在背上游走的手，湊至唇畔，輕咬了下邵恭青的指尖，感覺邵恭青微微一顫，反射性地想抽回手。俞奕揚略施力握緊邵恭青的手腕，沿著指節，印下一串細碎的吻，最後吻上邵恭青的掌心，「我不覺得冷。」俞奕揚低低嘆了口氣，揉了揉邵恭青的頭髮，「你不需要勉強自己取悅我，我只是很想見你。」

邵恭青本就覺得有簇火，燒著心裡，燒得他在寒流來襲的冬夜，覺得口乾舌燥，俞奕揚在他耳畔的低語，更是給心裡的火澆了油，燒得他渾身都熱了，也徹底燒盡了他心底最後殘存的一絲遲疑。

俞奕揚從和他交往以來，處處配合他，處處顧慮著他，以著令他感到心痛的小心翼翼，盡全力收斂自己的稜角，以避免劃傷他。

因為俞奕揚，他終於感受到自己的存在，原來是有價值的，他不需要想盡辦法討好，想盡辦法遮掩自己，想盡辦法達成期望，僅僅只是活著，就能讓俞奕揚開心。他想要對俞奕揚再好些。

活了近三十年，除了年幼的邵以倫，他第一次有如此強烈的欲望，想要寵愛另一個人，不管俞奕揚想要什麼，只要他辦得到，他都想給他。

邵恭青貼著俞奕揚，蹭著褪除了身上的衣物，蹭著把一身的火焰過給了俞奕揚，將兩人燒成了一團。

邵恭青用往日未見的熱情，環抱著俞奕揚，與他毫無間隙地交纏，主動攀抱住俞奕揚，配合著俞奕揚的節奏，一次又一次向俞奕揚徹底敞開自己，讓俞奕揚帶著滾燙血液的火焰，深深撞進他的體內，彷彿藉此就能將俞奕揚焊接著自己的血肉，讓他在自己的骨血中生根，枝條蔓生四肢百骸，就此讓自己成為俞奕揚生命的部分。

藉著欲望到頂時麻痺理智，麻痺羞窘的短暫片刻，邵恭青顫抖著嘶聲吶喊：「我愛你。」

俞奕揚的回應，是默默吻去他臉上的淚。

8 恐嚇信

連續放了九天假，一開工，就是堆疊如山的事務需要趕著處理。

才剛放完年假，就連續加了十幾天的班，若不是手機裡還留著和俞奕揚往來的訊息，邵恭青幾乎要懷疑和俞奕揚共度的兩天年假，不過是睡眠不足所致的幻想。

忙了一整個上午，連午餐都沒時間吃，一直到下午兩點多，俞奕揚要求創意部的所有人暫停工作，各自去覓食，邵恭青才終於得空吃延遲許久的午餐。

將垃圾分類棄置，邵恭青正想離開茶水間，卻讓徐韻慧一把抓住。

徐韻慧東張西望觀察了四周，確認無人瞧見，才拉著邵恭青到十四樓的陽臺說話。

「恭青哥，你知道辦公室今天大家都在偷偷討論什麼嗎？」

邵恭青一臉茫然地搖頭。

「大家都在說意玫姐和俞總監的婚外情。」

「妳說意玫和……總監？」邵恭青簡直無法相信自己聽見了什麼，「怎麼會有這種離譜的傳言？」

徐韻慧小聲地說：「我聽說有人同時寄了包裹給公司各部門的主管，信裡沒有署名，夾了張印著『婚外情』的紙條，還有幾張意玫姐的車子和俞總監在你們家社區大門前等候的照片。希江哥今早拆了信，就氣得當場銷毀了，我如果不是在茶水間聽到公關部的郝思儒他們在討論這件事，也不知道發生了什麼事。」

邵恭青聽得心裡猛地一顫。

他和俞奕揚的關係，有人知道了嗎？

「俞總監是恭青哥的主管，過年去恭青哥家做客，明明是很普通的事！」徐韻慧用力拍了下牆，一臉氣憤，「郝思儒他們說什麼俞總監會突然調恭青哥去當祕書，果然是另有隱情。我知道他們一直都很嫉妒意玫姐受到公司看重，但是沒想到這麼下流的話也說得出口！」

邵恭青一想到東窗事發的可能，心就失控地急速顫抖，簡直撐不住臉上強做鎮定的神情。

怕讓徐韻慧瞧出異狀，邵恭青匆匆敷衍了句：「意玫不可能這麼做。今天創意部很忙，我得趕緊回辦公室，謝謝妳告訴我！」

語罷立刻逃回辦公室。

回到辦公室後，邵恭青立刻從俞奕揚的所有未開封信件裡，找出了沒有署名的包裹。拆了包裹，倒出包裹裡的紙條和照片，照片入眼的瞬間，邵恭青只覺得胃瞬間一抽，像是讓人狠狠揍了一拳，痛得冒出一身冷汗。

從照片裡俞奕揚的衣著，可以得知拍攝的時間正是初三那天晚上。

有人發現了他和俞奕揚的祕密嗎？

為什麼用這種方式告訴大家，目的究竟是什麼？

無法控制地去想像各種可能性，明明是三月，邵恭青卻覺得像是正置身在零度以下的雪夜。

雖然想找俞奕揚討論這件事，但是卻忙得找不到空閒，又怕讓同事瞧出些什麼，邵恭青只能獨自憋著一肚子的恐懼，努力裝做若無其事。

一整天，邵恭青都宛如驚弓之鳥，不管是誰向他說起俞奕揚，都能令他暗暗嚇出一身冷汗。

好不容易終於熬到了下班時間，等到創意部的同事們都走光了，邵恭青只覺得渾身發軟，簡直像是經過一場大病。

邵恭青滿懷心事地走到辦公室門口，入眼的是俞奕揚神情嚴肅地對著桌上攤開的數張設計稿沉思。心知俞奕揚近幾日都非常忙，雖然很想找俞奕揚商量，卻又捨不得讓忙得昏頭轉向的俞奕揚增添煩惱。

邵恭青縱使有一肚子的話想說，在門口站了半晌，卻終究無法說，只是抬手在門上敲了敲，「奕揚，我先回家了。」

聽見敲門聲，俞奕揚抬起頭，一臉驚訝，「你怎麼還沒有回家？我還會在辦公室忙一陣子，你快回去休息吧！」

「好。」

邵恭青又留戀地看了眼俞奕揚，才悄悄關上門。

邵恭青心事重重地回到家中，意外見到平日回家後，通常忙著在書桌前看文件的褚意玫。

客廳裡的電視沒有開啟，褚意玫一聽見開門聲響就立刻站起身，顯然是正在等他。

邵恭青剛關上門，褚意玫立刻將憋了一肚子的話，一股腦兒地倒出。

「你終於回來了！我今天真是快氣死了！你知道今天辦公室大家都在談些什麼嗎？不知道是哪個連署名都不敢的混蛋，隨便拿幾張偷拍的照片編造我和俞總監有婚外情，荒謬到我都不知道該從哪裡吐槽！公關部那些無聊的傢伙還煞有其事地四處找人說這件事！」

邵恭青聽著褚意玫氣憤的抱怨，只覺得心頭沉甸甸的愧疚，壓得他幾乎不能喘息。

邵恭青四顧了眼客廳，試著想轉移話題，「倫倫……」

「我請我妹今晚先幫忙照顧他，我想和你單獨談談這件事。」褚意玫話鋒一轉，「這件事俞總監也聽說了吧？他有說什麼嗎？」

「他今天忙得不得了，幾乎沒離開創意部，而且包裹是我拆的，所以他應該還不知道這件事。」

「但是這個八卦大概不是一兩天會終止，他還是會聽到的。」褚意玫皺緊眉，「需要我先找他談嗎？」

邵恭青連忙搖頭，「他不是會在意這種八卦的人。」

「依夢勸我報警，但是總經理不希望我把這件事鬧大，覺得小題大作。」

邵恭青只覺得喉頭一下子讓人掐住了，幾乎發不出聲音，「報警？」

「不用報警，我也猜得出大概是哪些人做的，一定是公關部那幾個沒有用的傢伙！」

褚意玫忿忿不平地重重踱著步，邊繞著圈子走，邊說：「姓韓的當初和我競爭業務部經理的位置，表現不如我，在我擔任業務部經理後，自己覺得待不下去了，請調去公關部，卻到處胡說是我故意為難他，才讓他不得不自己請調到公關部。我同情他所以不跟他計較，但是這幾年他卻不知道收斂，一再找業務部的人麻煩……是我錯了。」褚意玫停下步伐，對著邵恭青，說：「這是我和韓志得的私怨，卻連累你也一起遭殃，我真的很抱歉。」

褚意玫的道歉像是一記扎在心上的火針，邵恭青羞愧得簡直無地自容。

雖然同事們不知道，褚意玫也不知道，但是他心裡清楚，而拍照的人……很可能也是知道的。

若不是他在應該和家人共度的年節私會俞奕揚，也就不會讓人拍下那些照片。

今天的局面，都是他的錯誤所致。

「這不是妳的錯。」

「你不用安慰我，我是很有自知之明。」褚意玫一臉無奈地自嘲，「我招人眼紅也不是一天兩天的事了。只是對你真的抱歉，這次我不會放過韓志得那個混蛋，一定要他付出代價！」

邵恭青暗暗一驚，「妳打算怎麼做？」

「明天我就去找徵信社查個清楚，不報警，我也照樣能告死韓志得這個混蛋！」

不能想像若是褚意玫真的找徵信社調查，事情到底會變成什麼樣子，明明正在溫暖的屋裡，邵恭青卻渾身發冷。

他不能坐視事情再繼續惡化下去。

「意玫，」邵恭青用力捏著掌心，逼自己開口，「有件事……我想跟妳說。」

褚意玫從憤怒中冷靜了些，才發現邵恭青的臉色慘白得不對勁，連忙關切地問道：

「你怎麼了？身體不舒服嗎？」

「我……」對著褚意玫明顯可見擔憂的臉，想著結婚時的承諾，每個說出口的字，都令邵恭青感到鞭笞般的疼痛，「我想那封信說的是……我和俞總監。」

「你和俞總監？」褚意玫一時不能明白邵恭青的語意，納悶地重複了次，旋即一愣，不敢置信地瞪大眼，「你是說……」

邵恭青一臉僵硬地點了點頭。

完全出乎意料的發展，褚意玫一時說不出話，只是圓瞠美目，直瞪著邵恭青瞧。

一陣難堪的死寂。

邵恭青低著頭，羞愧至極地說：「我知道我不該這麼做，但是我真的沒有辦法……」

「所以你要跟他在一起嗎？」褚意玫終於找回了自己的聲音。

「我不知道……」

「你跟他分手，不然我就跟你離婚。你覺得我會這麼說，對嗎？」褚意玫用力抓住邵恭青的手臂，近乎尖叫著說：「你看著我，跟我說，說你要離婚！說你要跟他走！」

和俞奕揚交往後，邵恭青不是沒有想像過若是褚意玫知道了，可能的情況，卻怎麼都沒有想到褚意玫竟是這種反應，邵恭青不知所措。

褚意玫瞪著一直低著頭的邵恭青，重重連吸了數口氣，強逼著自己冷靜些，才緩緩說：「你不可能真的跟他在一起。你還記得你當初為什麼跟我結婚嗎？」

邵恭青默然無語，但是褚意玫知道他把她的話聽進去了。

「你能告訴爸和媽，你其實喜歡的是男人，你想要跟個男人過一輩子？你覺得他們可能接受嗎？」

邵恭青還是沒有回答，只是眼眶徹底紅了。

「我知道愛情有多大的影響力，甚至會讓人幾乎忘了自己是誰。」褚意玫鬆開手，自嘲地笑著，「但是那都是假的，只是一時昏了頭，等有一天醒了，就只剩下傷心和痛苦。」

褚意玫藏不住的哽咽，令邵恭青一陣無措，想說些什麼，卻又不知道能說些什麼，「我……」

「我知道現在要你跟他提分手，應該很難。」褚意玫別過臉，以指尖迅速抹去眼角的淚，仰起頭，強抑著眼淚，「我明天就去找總經理，請他把你調來業務部，這件事，我會當做它從來沒有發生過。」褚意玫語氣強硬地說出自己的安排，不給邵恭青說話的機會，接著說：「我累了，你應該也累了，我們各自回房休息吧！」

目送褚意玫走進房，知道她做了決定，就無法更改。

一想到明天即將迎來的風暴，邵恭青就覺得胃一陣陣地抽痛了起來。

9 崎路

一整夜翻來覆去，始終無法成眠，卻在天亮之際，疲倦地陷入昏睡。

邵恭青突然驚醒，是因為枕畔的手機震耳的鈴聲。

邵恭青匆匆接了電話，電話那頭的俞奕揚卻不等他出聲，劈頭就說：「你現在在家裡嗎？」

睡意猶存，邵恭青一下子無法思考，只是下意識地回答，「對。」

「我十分鐘後到，褚經理可能會比我更早到。你現在還好嗎？」

聽到這段話，邵恭青一瞬間清醒了，「你和意玫都要趕過來？你們在辦公室發生何事？」

「你先別擔心，我到了再跟你說。」

結束電話，邵恭青立刻下了床，匆匆換去身上的睡衣，簡單地洗漱了下，剛打開房門，就聽到門鎖開啟的聲響，褚意玫大步走進了客廳。

褚意玫和邵恭青對看了眼，卻一句話也不說，只是逕自走進房。

「意玫……」邵恭青來不及多說，電鈴先一步驚聲大作，只好先去應門。

邵恭青在家門前等了幾分鐘，終於見到俞奕揚出現在電梯口。

邵恭青抓住俞奕揚的手臂，不安地低問：「你們怎麼都來了？辦公室裡發生了什麼事？」

俞奕揚不直接回答，只是拍了拍邵恭青的背安撫他，「我們進屋談。」

邵恭青讓俞奕揚牽著走進屋，俞奕揚與他交扣的手，異常的力道，令邵恭青不由得多瞧了俞奕揚一眼。

雖然俞奕揚表現得相當鎮定自若，但是邵恭青知道他心裡也不好受。

走進客廳，俞奕揚一開口就直接說明來意，「我不可能答應讓恭青調走。」

「他必須調到業務部。」褚意玫的態度也相當強硬。

從兩人的對話，邵恭青立刻明白了情況。

「總經理無法答應妳的要求。」

「但是他也不敢拒絕我。」褚意玫又補了句，「而且你也沒有資格反對。還是你希望我告訴他，你跟恭青發生了什麼事？即使他無法將恭青調到業務部，至少可以開除他！」

「開除？」俞奕揚一挑眉，一臉凍人的寒氣，「在妳的眼裡，恭青是什麼？妳的傀儡？還是妳的玩具？妳想過只是別人的一句話，就能讓自己拚命付出的一切努力，都化為烏有，有多麼痛苦？」俞奕揚冷嗤了聲笑，嘲諷地說：「還是妳覺得任人擺布，身不由己，是令人嚮往的人生？」

「恭青即使不在妙思工作，他也不是無路可走。」褚意玫語氣一變，轉為高亢尖銳，以咄咄逼人的口吻，厲聲質問：「任人擺布？邵恭青跟我結婚，是我拿刀子架在他脖子上逼他的嗎？是我誘拐未成年的他，讓他糊里糊塗跟我結婚的嗎？你真的知道他面對的困境是什麼，真的知道他為什麼娶我嗎？如果你根本搞不清楚這些，就別在我面前裝救世主！你根本幫不了他！」

「他娶妳，不是因為和妳結婚是他想要的生活，而是那是他以為他所能擁有的，最好的狀態。他只是想逃避現實，而妳正好給了他一個暫時躲避的地方！」俞奕揚神色冷冽，一字一句鏗然有聲地說：「妳以為妳跟他結婚，是為了他好？妳知道這對他有多殘忍嗎？妳知道一個人勉強隱藏真實的自己，去扮演別人期待的樣子過一輩子，有多痛苦嗎？妳不知道，因為妳沒有見過！我現在就告訴妳！即使恭青以為他可以不在意，以為他可以就這樣子演一輩子，以為他只要什麼都不期待就能若無其事活下去，那都只是自欺欺人！」

俞奕揚隨著越來越激動的語氣而收緊的手，令邵恭青感到了疼痛，但是邵恭青卻一聲不吭，也沒有試圖抽回手。

俞奕揚的話戳中了褚意玫一直強自壓抑在心底的憂慮，褚意玫一時語塞。

邵恭青和她結婚，只是為了討好雙親，不是因為愛情。

她一直努力說服自己，這不太重要，有哪對夫妻結婚多年後，還是靠愛情來維繫婚姻？

但是她卻無法不在意。

即使她已經盡力給了邵恭青一切她所能給的，但是卻始終無法真的成為邵恭青最親密的人。

這些年，邵恭青從來不曾愛上任何人。她甚至開始自我催眠地偷偷想著，也許邵恭青並不是真的無法愛上任何一個女人，只是他沒有愛過女人，只是沒有愛過而已。

只要她不放棄，也許有一天，邵恭青會願意牽她的手。

但是看著眼前一直讓俞奕揚牽著手的邵恭青，褚意玫無法再繼續自欺。

邵恭青眼下需要的陪伴，確實不是她。

但是這不代表邵恭青永遠不需要她！

如果愛情永遠不會變質，她就不會嫁給邵恭青了。

即使她無法說服俞奕揚，但是她仍然有辦法留下邵恭青。

褚意玫強自冷靜思緒，決定不再和俞奕揚言辭交鋒，斂起強硬的姿態，將選擇權拋至了邵恭青的手上，「恭青，和他走，真的是你要的人生嗎？如果你跟他走了，那我……還有倫倫，該怎麼辦？你也不要他了嗎？」

聽見邵以倫，邵恭青驀地微微一顫。

感覺到邵恭青的動搖，俞奕揚沉聲打岔，「即使你們離婚了，也無法改變恭青和倫倫的關係。除非，」俞奕揚面色一沉，「妳要昭告眾人，倫倫不是妳和恭青的孩子，而是妳和有婦之夫的私生子！」

褚意玫再度語塞。

她確實不可能這麼做。

雖然情勢不利，但是褚意玫還是不甘心放棄，「我不會離婚。」

「妳高興留著一紙沒有意義的契約，就好好守著它吧！」

俞奕揚冷冷回了一句，牽著邵恭青，轉身就往門外走。

俞奕揚牽著邵恭青一路急走，直到走出社區大門，到了車前，俞奕揚才鬆開手，赫然發現邵恭青的手上，清楚可見過度施力緊握所造成的深紅色印痕。

「你的手……」

邵恭青連忙用另隻手掩飾地遮住，像是沒聽見俞奕揚的話般，朝俞奕揚笑了笑，「不上車嗎？」

俞奕揚皺起眉，「左手。」

邵恭青左右看了看，露出為難的表情，「現在在大街上。」

俞奕揚沒有辦法，只好先上車。

一關上車門，俞奕揚立刻將邵恭青的手拉到眼前細看，一瞧見手上清楚可見，紅得發紫的印痕，俞奕揚一雙眉瞬間攢緊，「抱歉，我太激動了。很痛吧？」

「沒關係。」邵恭青說。

俞奕揚一面留意著邵恭青的神情，一面小心地輕按了按邵恭青的手背，「這樣按會痛嗎？還是我先帶你去見醫生……」

邵恭青用右手覆住俞奕揚的手，「我真的沒事。」

俞奕揚還想再說，邵恭青卻湊近，迅速輕吻了下他的唇。

雖然覺得困窘，但是邵恭青還是逼著自己直盯著俞奕揚的雙眼，「我真的沒事，真的。」邵恭青小聲地說：「**我會好好的。**」

初四一早，邵恭青醒來時，就見到俞奕揚正坐在床邊盯著他瞧，不知已坐了多久。

當時天色濛亮，青色的天光自微微拉開的窗簾縫隙透進，背著光的身影，浸在冷色調的光線裡，染上一層平日難以見到的憂鬱。

見邵恭青清醒，俞奕揚俯身以指尖挑開貼在邵恭青臉頰上的髮絲，「你每天獨自醒來時，冷嗎？」

邵恭青沒有回答，只是將俞奕揚放在臉側的手，覆蓋到自己臉上。

「他跳下去之前，有好幾年，都獨自睡一間房。樓很高，角落的房間非常安靜，我回來後，不只一次躺在他最後躺過的床上，想知道他到底多寂寞，想知道他有多痛苦。明明是那麼懼高的人，卻從二十幾層樓高的地方，跳下去。」

雖然俞奕揚沒頭沒尾地說，但是邵恭青卻明白俞奕揚在說的是他的父親。

邵恭青閉著眼，專心聆聽著俞奕揚的低語。

「他一直很疼我，我什麼都告訴他，我以為我也跟他瞭解我一樣地瞭解他，但是其實我什麼都不知道。」

聽著俞奕揚感傷的低語，眼前恍然又見那個烈日燒灼的午後，他像是一縷遊魂，獨自懸盪在高樓邊。

教學大樓間劇烈的冷風，刮著他的臉頰，掀動衣袖，幾乎無法坐穩。

腳下，就是萬丈深淵。

但是他卻奇異地感受不到任何恐懼，只感到濃重的疲倦，以及麻木。

當時的孤獨絕望，成了往後數年裡，他揮之不去的夢魘，在無數的夜裡糾纏著他。

他在夢裡一次次想從絕望裡逃走，從他人包圍追逐的欺凌裡逃走，卻始終沒有人向他伸出援手。

直到他遇見了俞奕揚。

他終於不再繼續困在孤獨的夢裡。

「坐在高樓的邊緣時，我什麼都無法想，甚至覺得坐在那裡的，不是我。」邵恭青低聲說：「但是我現在回想起來覺得很可怕。」

俞奕揚回到床上，圈抱住邵恭青，彷彿想將他徹底藏進懷裡一般，「我不會再讓你爬上去。」

邵恭青以指腹摩挲著俞奕揚微涼的頸背，試圖讓他覺得溫暖點，低聲卻慎重地說：

「我會好好的。」

聽見邵恭青刻意重提的誓言，俞奕揚終於微微一笑。

邵恭青只覺得從昨天開始，陷入灰暗陰鬱的世界，剎那間有了鮮明的顏色。

「真的沒事嗎？」

邵恭青回以一笑，「真的不痛，擦點藥就好了。」

見邵恭青看著自己，笑得一臉傻氣，俞奕揚有些好笑，卻又覺得心裡隱隱有些發痛，揉了揉邵恭青的臉，「別勉強自己。」

「好。」

10 成全

走出律師事務所，豆大的雨珠，沒有心理準備地打進了眼底。

褚意玫停下步伐，沒有拿出提袋裡的傘，只是一動也不動地站在街頭，木然望著，在午後大雨的襲擊下，倉皇奔走的行人。

斑馬線盡頭的行人燈急速閃爍，倒數讀秒，提醒著行人加速腳步。

褚意玫卻遲遲無法邁步。

邵恭青自那日跟著俞奕揚離開後，沒有加班的時候，仍如同往常一般去接邵以倫，回家準備晚餐，但是卻總在深夜悄然離開，前往俞奕揚的住處。

即使過去兩人未曾同床共寢過，雖然名為夫妻，卻更像是同居一室的室友，但是不管加班到多晚，總是有個人在等著她回家；需要支持的時候，有人願意好好地聽她抱怨，哪怕是毫無道理的，也站在她這邊；這都是她在充滿了競爭與情勢變化壓力的工作裡，很重要的支持力量。

她原本以為她的婚姻，如果不需要顧慮邵以倫，就是她隨時可以放棄的契約。

但是等到邵恭青真的要離開了，她才發現，其實她比自己所知道的，更依賴這個在他人眼裡，處處靠她照拂庇護的男人。

昔年，方教授的妻子氣勢洶洶地指著她叫罵時，她嗤之以鼻。

當時，她覺得必須以法律的效力才能趕走婚姻的威脅者，這是一件何其懦弱無能又可笑的事。

沒想到她竟也會有走到這一步的一天。

思忖了多日，她終於還是請助理替她挪開工作，和律師約好了時間，專程前往事務所諮詢。

律師聽了她的敘述後，用非常憐憫又遺憾的口吻，說：「以臺灣的法律規定，妳無法控告妳丈夫的外遇對象。因為通姦罪所指的是有配偶的人和配偶之外的人發生合意性行為，而法律上所謂的性行為，指的是性器官結合，所以妳丈夫的外遇對象，不能和他一樣也是男人，因為同性性行為不符合通姦罪所定義的性行為。」

豆大的冷雨兜頭而下，流進了眼眶，模糊了眼前的景物，帶著妝的雨，刺得她幾乎睜不開眼，但是褚意玫還是眼也不眨地杵在雨裡，彷彿丟失了魂魄。

直到一個陰影突然從眼前掉落，褚意玫不由得抬起手來接住，定睛一看，才發現是假睫毛。

她臉上的妝應該是徹底糊了。

看著躺在掌心的睫毛片，褚意玫突然有點想笑。

黏在眼皮上的假睫毛，無論她花了多少心思仔細貼附，終究不是屬於她的，所以只是不到幾分鐘的雨水沖刷，就走了。

走了。

雖然正置身在人來人往的大街，一向相當重視形象的褚意玫，卻想就這麼坐在地上，好好大哭一場。

正當褚意玫沮喪至極之際，突然聽見一聲有點耳熟的叫喚。

「褚小姐。」

褚意玫循聲望去，瞬間渾身一僵。

「很久不見。」一個打扮幹練俐落的女人，在撐著傘的隨行祕書陪同下，緩緩走近，「還記得我嗎？」

是方教授的妻子。

褚意玫挺直背脊，試圖讓自己看起來不要太落魄，「我不知道我有什麼必須記得妳的理由。」

「還是一樣氣焰凌人。」女人不以為意地一笑，朝祕書勾了下手，接過遞來的文件袋，慢條斯理地說：「我一直對妳的婚姻狀況很有興趣，所以請人稍微關注了下，沒想到卻遠出乎我的意料。妳的丈夫和他的主管的關係，真是親密得讓人驚奇。」

褚意玫一驚，「那些信是妳寄的！」

女人沒有回答，只是聳了下肩，笑了笑，「妳應該更關心的是我為什麼來找妳，不是嗎？」

褚意玫警戒地問：「妳想做什麼？」

「妳的兒子，是我此行的唯一目的。」女人斂去臉上的笑容，沉聲說：「他應該認祖歸宗了。」

褚意玫只覺得遠處轟隆作響的春雷，一瞬間打到了身上。

邵恭青在門口停下腳步，蹙著眉，又看了眼手機螢幕上最後的已讀訊息。

「拜託你今天早點回來，我有要事找你。」

邵恭青在心底嘆了口氣。

自從那日俞奕揚和褚意玫口角爭執後，他就一直迴避與褚意玫有太多的交談。

他不知道該怎麼面對她。

雖然覺得對不起褚意玫，但是卻又無法勉強自己斷絕跟俞奕揚的關係。

褚意玫是個性格傲氣的人，如果不是出了什麼嚴重的事，她是不可能傳這樣的訊息給他。

收到訊息後，邵恭青第一時間立刻打電話去托兒所，確認邵以倫是否平安。

得到邵以倫平安無事的回答後，邵恭青不由得困惑。

還有什麼事能讓褚意玫這麼做？

雖然滿腹疑問，但是邵恭青還是準時下班返家。

打開家門，邵恭青剛走進客廳，就讓褚意玫的樣子嚇了一大跳。

褚意玫渾身濕透，妝也徹底糊了，一向精心打理的長髮，已完全看不出整理的痕跡，凌亂地披垂在她的身上。

和褚意玫認識多年，第一次看到褚意玫如此狼狽落魄的樣子。

邵恭青快步走進浴室，拿了條浴巾回到客廳，披覆至褚意玫的肩上，擔心地追問：「妳發生了什麼事？怎麼弄成這樣？」

褚意玫抓住邵恭青的手，說：「我下午見到了方教授的妻子。」

由於已獨自哭了一個多小時，褚意玫哭得嗓子都乾了，說出口的字句，難以辨識，邵恭青蹲下身湊近她，試圖聽清楚點，「妳說什麼？」

「我見到方教授的妻子了。那些照片，都是她寄的。她說，方教授前年出了意外，再也無法生育了，她要告我，幫她的丈夫奪回唯一的兒子。」褚意玫無法克制地顫抖，「我告不贏她的，我該怎麼辦？」

邵恭青聽得臉色一白，「妳說那些照片是她寄的？」

「是她雇徵信社拍的！」褚意玫氣得眼淚直掉，啞聲嘶喊：「他當年惡意欺騙我，沒有付出半點代價，現在竟然還無恥地要跟我搶我的孩子！他憑什麼！」

褚意玫說著突然起身下跪，令邵恭青大吃一驚。

「妳這是在做什麼！」邵恭青想攙起她，卻無法阻止激動至極的褚意玫，只好跟著她一起跪在地板上。

褚意玫緊緊攀住邵恭青的雙臂，啞聲哭喊：「倫倫對我而言，比我的命還重要！我絕對不要把他讓給任何人！我求你幫幫我！」

轟然入耳的消息，將邵恭青震得腦袋一片空白，無法思考，只能抱著哭得聲嘶力竭，幾乎透支體力的褚意玫，安撫地拍著她的背，「倫倫也是我的兒子，我不會將他讓給別人。妳不要再哭了……我們一起想想，總是有辦法的……」

原本邵恭青打算隔天就和褚意玫一起去找律師詢問，但是心力交瘁的褚意玫卻在當天半夜無預警的高燒，就這麼病得在床上躺了四天。邵恭青無法丟下又病又惶恐的她獨自一人，索性請了一整週的假，專心照顧她。

站在廚房裡，看著鍋裡正在煮的湯，口袋裡的手機一次次震動。

邵恭青知道是俞奕揚傳來訊息，但是卻沒有拿起手機觀看，反而在它震動多次後，索性將它暫時關機了。

和俞奕揚發展出婚外情，邵恭青本已覺得對不起褚意玫，過去尚能用褚意玫其實不需要他，作為自我安慰的藉口，但是眼下對著因為多日的煩惱，再加上方教授爭子問題的重擊而病倒的褚意玫，邵恭青卻無法再繼續自欺。

俞奕揚傳給他的每個訊息，手機的每次震動，都像是在提醒他，他對她做了多麼殘忍的事，令他感到窒息的痛苦。

如果他沒有愛上俞奕揚，眼下的一切就根本不會發生。都是他的錯。

已發生的事，無法重來，但是至少，他還能盡力挽救尚未鑄成的遺憾。

鍋子裡的水煮了半晌，終於沸騰。

邵恭青將手機重新開啟，打上在心裡琢磨已久的話：「這段時間我天天都在想，如果我的幸福，是建立在意玫的痛苦上，我真的能夠一直這樣下去嗎？我很感激你曾經給過我的溫暖，但是，我真的沒有辦法再繼續和你在一起了。對不起。」

顫著手迅速打完了字，邵恭青立刻按下傳送鍵，關機，不給自己半點反悔的機會。

邵恭青掀起鍋蓋，準備將雞肉下鍋，溫熱的水蒸氣一瞬間撲面，濕潤了臉頰，也濕潤了眼角。

邵恭青用力閉了閉眼，眨去眼底的淚，重重拍了拍胸口，深吸了口氣，重新執起湯勺，強自專心打撈湯面的雜質，彷彿想藉此將心裡熱燙翻滾的痛苦，也一一丟棄。

11 窒息

晚上八點半。

人事部的其他職員都已下班，辦公室一片沉靜，只剩冷氣的風聲，在耳畔迴盪著。

雖然今日的工作已經完成了，但是邵恭青卻還是待在辦公室裡。

調回人事部一個多月，他已經從每天清晨不待鬧鐘鈴響就自動清醒，又回到了等待鬧鐘的鈴聲，將他強行自夢中喚醒的生活。

只是回到原本的生活狀態。

在傳訊息要求分手，並且透過褚意玫的幫助，迅速完成調職作業，重回人事部上班的第一天，邵恭青在心裡一再這麼告訴自己。

但是，為什麼他以前從來沒有發現，從人事部所在的九樓落地窗向外看，層層交疊，阻絕了陽光的辦公大樓，看著如此地令人窒息？

籠罩在陰影裡的大樓，每個玻璃窗子都像是一個黑色的無底漩渦，它們在他的眼底不斷旋轉著，漸漸蠶食吞噬他眼中曾有過的色彩。

即使明明置身在高樓，他卻覺得自己正在墜落。

收到邵恭青的分手訊息時，俞奕揚一開始不放棄地努力聯繫他，拚命打了近百通的電話；但是等到邵恭青的調職申請書送到俞奕揚的桌上時，俞奕揚卻反而非常乾脆地接受了。

俞奕揚迅速在調職申請書上簽了名，而後請了假，避開了邵恭青到創意部收拾物品與交接工作時，可能的照面。

雖然人事部的許多同事都很好奇邵恭青為何從公司器重的部門，調回這個升遷無望，簡直發配邊疆的地方，但是邵恭青調職申請前，公司裡一度傳得沸沸揚揚的八卦，卻讓同事們誰也不敢問他。

只有沈希江是唯一的例外。

在邵恭青調回人事部，一天比一天看著神情更枯槁，埋頭拚命工作了十幾天後，沈希江找了個只有兩人留下加班的夜晚，將邵恭青拖進會議室一談。

「你怎麼突然調回人事部？你和俞總監出了什麼問題？」

雖然明明知道沈希江問的是工作上的問題，但是邵恭青卻無法克制地眼眶一紅，眼淚既眼奪眶。

「怎麼突然哭了！俞總監對你做了什麼嗎？」沈希江匆匆抽了幾張面紙遞給邵恭青，拍了拍邵恭青的肩頭，「雖然我的職位遠不及他，很難替你討回公道，但是至少可以幫你罵他幾句。他到底對你做了什麼？」

邵恭青拔下眼鏡，擦去眼淚，不好意思地低著頭說：「沒什麼。」

沈希江皺緊眉沉默了下，「難道他真的跟褚經理有什麼嗎？」

邵恭青愣了愣，還來不及回答，沈希江已經氣紅了臉，大聲嚷嚷：「這太過分了！根本欺人太甚！我現在就去樓上找總經理，幫你討個公道！」

邵恭青趕緊匆匆抓住說著就想往外走的沈希江，「不是這樣的！」

「我知道你本來就是性格比較軟弱的人，俞奕揚又成了你的主管，所以你不敢爭，但是我實在是看不下去！」

「沒有！意玫和他真的什麼都沒有！」

「你不敢說沒有關係，我去幫你找俞奕揚當面講清楚！」

「真的不是你想的那樣！」邵恭青拚盡全力，卻抓不住激動得像是想去跟俞奕揚拚命的沈希江，讓沈希江拖著往會議室門口走，眼看就要走出門，邵恭青情急脫口：「和俞總監發生婚外情的是我！」

沈希江猛地回頭，不敢置信地瞪大眼，「什麼！」

邵恭青讓沈希江看得像是渾身都扎滿了刺，但是話已說出口也無法收回，只能手足無措地僵著。

沈希江終於從驚訝裡回神，卻想起了邵恭青剛進會議室，一說起俞奕揚就哭了的情景，瞬間臉色變得極其複雜，「他……強迫你嗎？」

「呃？」

邵恭青無計可施，況且壓得他喘不過氣的痛苦，也嘶喊著想要傾訴的對象，遂將如何與褚意玫假結婚，還有他和俞奕揚如何從交往到分手的事，一一說出。

沈希江聽完，一臉凝重地沉默了半晌，才拍了拍邵恭青的頭，「難怪你看著這麼煩惱。但是，你真的想好要這樣過生活了嗎？」不等邵恭青回答，沈希江重重嘆了口氣，「我有兩個兒子，我不知道他們未來會跟什麼樣的人結婚，會不會結婚，或者他們會不會也跟你一樣，不喜歡女人，想跟男人過一輩子……但是，不管如何，我都想要他們過得開心。」

邵恭青沒有接話，只是眼眶再度泛紅。

「你父母的想法，我無法理解，但是也不好批評他們，不過我希望你好好想清楚這件事，畢竟這是你自己的人生，而你的人生，還很長很長。」

沈希江的話，不時在耳畔迴響，但是邵恭青卻總是迫使自己停止細想。

他怕一旦多想，就無法再強撐著走下去。

為了邵以倫的監護權問題，他和褚意玫一起去見了律師。律師告訴他們，邵以倫是他和褚意玫的婚生子，只要他們的婚姻尚存在，就只有他和褚意玫、邵以倫可以提出非婚生子女之訴訟，邵以倫的生父沒有資格對孩子主張認領，無法取得孩子的監護權。所以，為了不讓邵以倫回到生父身邊，他無法和褚意玫離婚。

邵恭青知道若是他如實告訴俞奕揚，俞奕揚一定不可能和他分手。但是，只要他和褚意玫的婚姻尚存在，俞奕揚就是他的婚外戀對象，是見不得光的地下情人。他不想要俞奕揚為了他，如此委屈自己。

看著螢幕上的時間一分一秒地流逝，一直到九點，邵恭青才起身收拾。

自從和俞奕揚分手後，在褚意玫不加班，邵恭青不需要趕去接邵以倫的日子裡，縱然已完成工作，他也不願意立刻回家。

即使不能見面，就只是在俞奕揚還獨自在創意部工作的時候，跟俞奕揚在同一棟樓裡待著，哪怕只是幾十分鐘，也能讓邵恭青覺得充斥著生活的痛苦，被沖淡了些。

雖然是如此渺小的自我安慰，但是緊緊抓著它，他就可以再多撐著往前走幾步，再走幾步。

邵恭青緩緩走近大門，雨聲嘩啦入耳，尚未走出大樓，卻已能感受到撲面而來的濕潤水氣。

又到了這個暴雨的季節。

腦中不受控制的浮現一年前他和俞奕揚初遇的雨夜，邵恭青下意識地推了下臉上的眼鏡。

他的近視情況，不戴眼鏡也不妨礙工作。調到創意部後，他就沒再戴過眼鏡，一直到重回人事部工作，才又把這副看著相當呆板的粗框眼鏡戴上。

自那個狼狽的雨夜開始，他就無法控制地受到俞奕揚的吸引，並且也期待著能夠得到俞奕揚的關注。

但是那都是過去了。

邵恭青拿出提袋裡的折傘，正想打開傘，卻聽見背後傳來他絕對不會錯認的腳步聲。

「再不到兩個小時影片就要上架了，你現在才說要改，這是不可能的！」

邵恭青下意識地往大門側邊，燈光照不到的地方走，俞奕揚的身影旋即出現在眼底。

「套交情也沒有用，我不可能把已經下班的職員叫回來。如果你真的覺得我是朋友，就不要再說廢話！」

看著近在咫尺，正專心講電話的俞奕揚，明明距離兩人最後一次相見，不過是一個多月前的事，邵恭青卻覺得已很久很久，不曾相見。

俞奕揚收起手機，抬頭看了眼雨勢正大的夜空，皺起眉。

大樓保全上前問：「俞總監，沒帶傘嗎？」

「傘下午借給同事了，她忘了還我，就回家去了。」

「我的傘借你吧？」

「我的車在附近，沒關係，我跑過去就好。謝謝！」

看著俞奕揚朝保全揮手，邵恭青幾乎忍不住想走上前，卻只能緊緊抓著手中的傘，目送俞奕揚大步跑進雨中，直至再也看不見。

邵恭青覺得耗盡了全身的力氣，才終於將自己拖回家。

關上門，邵恭青只覺得渾身發軟，一個多月裡，因為心情低落再加上失眠而整日充斥著反胃感，無法好好進食遂不時作痛的胃，此刻痛如刀割。

聽見開關門的聲響，卻沒有聽到腳步聲，褚意玫疑惑地從房裡走出，卻驚見邵恭青蜷縮著身子，蹲坐在玄關口。

褚意玫三步併作兩步地衝上前，蹲下身，著急地審視著邵恭青，「你的臉色怎麼這麼白？你哪裡不舒服嗎？」

沒等到走出房間的褚意玫回來，又聽見她著急的低喊，邵以倫快步跑出房裡，瞥見蹲在玄關前的雙親，趕緊跑了過來，「爸爸怎麼了？」

眼前急速發黑，渾身發麻，感覺心跳急促得像是隨時要停下，邵恭青重重喘著氣，雖然幾乎瞧不見正圍繞在身畔的褚意玫和邵以倫，卻還是努力想擠出笑容，「沒有事……」

「你撐著點，我馬上打電話叫救護車！」

邵恭青還想再說些什麼，卻先一步失去了意識。

12 出口

瞬間襲身的冷氣，令邵恭青一個哆嗦，眼前驀地透進了些許的光。

「恭青，你醒了！你現在覺得怎麼樣？看得到我嗎？」

邵恭青用力眨著眼，想將眼底的昏暗驅走，「我還好……倫倫呢？」

「我請我妹先帶他回家了。」褚意玟著急地追問：「醫生覺得你可能正在嚴重的出血，你最近有覺得身體哪裡不對勁嗎？」

隨著意識清醒，疼痛再度襲來，邵恭青皺緊眉，悶哼了聲。

「恭青？」

「胃……我最近一直覺得胃痛……」疼痛與渾身發麻的昏眩感，令邵恭青幾乎說不出話，每個出口的字，都帶著隱隱的抽氣聲，「意玫……」

褚意玫趕緊抓住邵恭青的手，「我在你旁邊，你不要怕。」邵恭青握住褚意玫朝他伸來的手，緊緊地，彷彿她是他沒頂之前唯一能抓到的浮木，「我只是……想忘記一個人……為什麼會這麼痛？」

褚意玫的眼淚一瞬間幾乎跌出眼眶，卻用力咬了下唇，硬生生地將它忍住。

褚意玫一手仍握著邵恭青的手，一手撥開邵恭青濕透了的瀏海，以指尖輕抹著邵恭青滿是冷汗的額頭，低聲哄著，彷彿邵恭青是她另一個孩子，「先別多想了。恭青，放鬆點，好好睡一覺，有什麼話，等睡醒了再說。我會聽你說。」

一路追著病床，直到手術室前，褚意玫才抽回手。目送醫護人員推著病床隱入門後，褚意玫扶著牆，捂著臉，重重吸了幾口氣，強令自己冷靜點，才顫著手從口袋裡拿出邵恭青的手機。

點開手機的通訊錄，飛快往下滑了幾次，而後按下撥號鍵。

電話一接通，沒等對方開口，褚意玫已先一步，顫抖著說：「恭青……對你而言，還是重要的人嗎？」

「他怎麼了？發生了什麼事？」

聽著俞奕揚瞬間高揚音量，近乎咆哮地追問，褚意玫再也撐不住地軟坐在地。

走廊上的感應燈，因為無人在燈下走動而關閉，只有手術室的燈持續亮著，在昏暗的長廊上，像是一盞僅存的希望之光。

褚意玫蜷坐在長椅靠牆的角落，雖然身上披著出門時匆匆忙忙抓了的長袖外套，但是褚意玫還是覺得一分一秒都凍得漫長難捱。

「給妳。」

褚意玫抬頭看向遞了杯熱咖啡給她的俞奕揚，「謝謝。」

「你們兩個都在醫院，倫倫呢？」

俞奕揚在此時問起邵以倫，褚意玫有些意外，卻又覺得感動，「我叫了救護車後就打給我妹，她先把倫倫帶走了。」

她不只一次聽過邵以倫興高采烈地說起俞奕揚。

在得知邵恭青和俞奕揚的關係後，她一度固執地認為俞奕揚對邵以倫的關心，只是為了討好邵恭青。

不想讓孩子攪進成人的感情問題，所以她沒有對邵以倫說過任何關於俞奕揚的想法，但是卻總是在聽邵以倫讚美俞奕揚時，不以為然。
沒想到俞奕揚是真的喜歡她的孩子。
因為敵意而造成的誤解，一瞬間消融了大半。
俞奕揚遞了杯咖啡給褚意玫後，自己端著另一杯，在長椅的另端坐下。
打給俞奕揚時，褚意玫雖然覺得他應該會來探望邵恭青，卻沒想到俞奕揚竟是匆匆忙忙立刻趕到了醫院。
俞奕揚一身從床上倉促起身的打扮，看著與她差不多狼狽。
兩人平日在公司裡都是相當重視形象，衣著光鮮整潔的人，眼下的樣子，若是公司裡其他同事們見了，想必會大吃一驚。
褚意玫藉著胡思亂想轉移注意力，試圖消解些心裡的恐懼，不知在長廊上又坐了多久，終於看到手術室的燈暗了。
護理師推著病床率先走出，一臉疲倦的醫生，步伐緩慢地走在最後。
褚意玫和俞奕揚本想跟著病床走，卻聽見醫生說：「誰是病患的家屬？」
褚意玫趕緊說：「我是。」卻不由得瞧了眼站在一旁的俞奕揚。
「我跟妳說明病患的狀況。」
雖然邵恭青流失了不少血，但是經過治療，已無大礙。聽完醫生簡短地說明，褚意玫總算放下心，連連道謝，俞奕揚也向醫生點頭致意。

目送醫生離開後，褚意玫想了想，說：「恭青得在醫院住幾天，我去辦理住院手續後，必須回家整理些恭青的衣物帶來，恭青就暫時拜託你照顧了。」

「我請了特休，妳不用趕在上班前回來。路上小心。」

俞奕揚簡短地說明，褚意玫聽著，卻忍不住想笑。「謝了！恭青說得沒錯，你真的是個很細心的人。」

俞奕揚沉默了下，「真的想表示感謝……不如把恭青讓給我？」

褚意玫撫額大嘆：「你這個人真的很擅長趁火打劫。」

明明是消遣，俞奕揚卻一臉坦然地接受，「謝謝。」

褚意玫終於忍不住笑了起來。

＋　＋　＋

昏睡了數個小時，邵恭青終於清醒，睜開眼，意外入眼的是正坐在病床邊，趴在床沿的俞奕揚。

是夢？

邵恭青腦中一片混沌地看著俞奕揚，尚未回過神，短暫打了個盹的俞奕揚坐直身，正好對上邵恭青怔愣地注視。

「有哪裡不舒服嗎？」

聽見俞奕揚的詢問，邵恭青終於回神，「意玫呢？怎麼是你在照顧我？」

俞奕揚按著一面說話，一面想支起身張望的邵恭青在病床上躺著，「她找我來照顧你，她回家收拾你住院需要的東西了。」

邵恭青簡直不敢相信自己聽見了什麼，「她找你來照顧我？」

俞奕揚沒有回答，只是問：「想不想去洗手間？」不等邵恭青回話，俞奕揚又說：「想清楚點，趁她還沒回來，我可以趕緊扶你去，免得她回來了，你就得憋著了。」

俞奕揚說得一臉嚴肅正經，邵恭青卻總覺得聽著有說不出的不對勁，狐疑地瞧了俞奕揚一眼，一時不敢冒然接話，只是怔愣地細細思考著俞奕揚的話，待反應過來之際，邵恭青猛地炸紅了臉，結結巴巴地說：「我、我可以自己去！」

俞奕揚突然撐起身湊近了些，邵恭青下意識地屏息，未料俞奕揚卻是伸手摸了摸他的臉，「總算有點血色了。」

才從數小時的昏睡中醒來，邵恭青一下子跟不上俞奕揚太過跳躍的思考方式，「什麼？」

注視著一臉茫然的邵恭青，這段日子渾身籠罩著低氣壓，令創意部幾乎飄起六月雪的俞奕揚，此刻眼裡嘴角都閃爍著笑意，完全不見近日森寒陰沉的模樣，「如果你很想我吻你，我可以如你所願。」

邵恭青還未及回答，病房的門，讓人輕叩了兩下。

褚意玫提著一只帆布袋，站在病房門口，一臉調侃地笑，「俞大總監，我是請你來幫忙照顧恭青，可沒有請你來調戲病人。」

「在遊樂中工作，不是我們公司的精神？」

「我回頭就叫美工部把公司網頁上那段字刪了。」

褚意玫快步走至病床前，將帆布袋裡的東西一一取出，放到床邊的櫃子上。

邵恭青看了看褚意玫，又看著坐在病床邊的俞奕揚，雖然兩人未如上次見面時劍拔弩張，讓他鬆了口氣，但是卻覺得困惑，「你們……怎麼了嗎？」

褚意玫停下手，沉默了下，才說：「昨晚送你進醫院後，我一直在想，我到底對你做了什麼？雖然我真的不想讓倫倫叫那個人爸爸，但是為了倫倫，卻讓你過得這麼痛苦，這真的是我要的嗎？」

邵恭青微微一愣，連忙想說些什麼，但是俞奕揚卻抓住他的手，朝他搖了搖頭。

「當年你娶我，是為了從痛苦中找路逃走；我嫁給你，也是同樣的理由。可是這些年，我們真的過得很快樂嗎？」褚意玫自嘲地一笑，「我雖然一直說服自己，愛情都是假的，只是一時昏了頭，我不需要它，但是……我卻一直到你想跟他走時，才發現，其實我不是真的不需要愛情，可是你無法愛我，這卻是你跟我都改變不了的事。」

「但是我們本來就不是因為愛情才結婚。」邵恭青一臉黯然地說：「而且如果不是娶了妳，除了工作，我現在一無所有。」邵恭青以著細如蚊鳴的聲音，輕聲說：「也許連工作也沒有。」

俞奕揚在一旁聽了半晌，冷不防曲指輕敲了下邵恭青的額頭，「你以為我只是因為中意你，才找你來創意部當祕書的嗎？」

「我跟沈主任說過想要調你去業務部當助理，他說要跟我拚命！」褚意玫笑了笑，而後輕嘆了口氣，「我不知道你為什麼總是把自己看得這麼低……但是，當年我不是隨便找個能讓我騙的人就想嫁給他，雖然動機不對，可是我那時是真的想嫁給你。」

「什麼！」邵恭青目瞪口呆。

「我們還在同所大學讀書的那些年，你一直對我很好，而且我不會的事，你都做得很好。」褚意玫玩笑地做了個點鈔票的手勢，「我很認真考慮過。錢，我可以自己賺，我需要的是一個會好好照顧我的孩子，也能幫我解決對我而言很麻煩的家務的人。」褚意玫又補了句，「這年頭會自己做便當帶去學校吃的大學生，應該差不多絕種了。」

邵恭青一臉懵，俞奕揚在旁邊看得又心疼又好笑，忍不住伸手揉了揉他的臉頰。

褚意玫敲了敲櫃子，笑罵道：「別當著我的面調戲我的丈夫！」

「所以……妳決定要離婚了嗎？」邵恭青終於找回了自己的聲音，「但是如果我們離婚了，倫倫的監護權問題，我就沒有插手的餘地了。他在我的心裡，永遠都是我的兒子。」

褚意玫聽得眼眶一紅，連忙微微仰起頭，強自忍住眼淚。

「雖然我不想離婚，但是我也不想再勉強你跟俞總監斷絕往來了。」褚意玫撫著額頭嘆氣，「昨晚送你來醫院的路上，我一直很害怕，我怕我逼死了你，如果你怎麼了……我永遠都不會原諒我自己。」

「但是……」

「你們兩位，是不是該問一下我的意見？」俞奕揚輕咳了聲，「我應該也算是當事人吧？」

邵恭青瞬間露出了緊張的神色，褚意玫則語帶玩笑地說：「你和恭青分手得很乾脆，我以為你會再到我家來搶人，還想過如果你跑來了，該怎麼辦呢！」

「妳拚命地抓住他，如果我也不放手……我不想逼他上絕路。」俞奕揚沉聲說：「我想要他平安地活著。」

知道俞奕揚深藏在心底的傷痕與恐懼，邵恭青悄然握住俞奕揚的手。

「他不想離婚，妳也不想離婚，我也沒有非要他離婚不可的理由。」俞奕揚說著停頓了下，揚了下眉，「哪天如果我和他可以結婚了，這句話我應該會反悔。」

不知道俞奕揚究竟想說什麼，褚意玫雖然心裡緊張，卻強自鎮定，玩笑地說：「我到時會記得用這句話嗆你。」

「雖然我不喜歡婚外情對象這個身分，但是眼下你們不離婚是比較好的決定。不僅是你們，我也覺得讓倫倫跟他的生父相認，不是好主意，一個故意鑽法律漏洞玩弄他人感情的人，根本沒有資格當孩子的父親。」俞奕揚握緊邵恭青的手，一字一句擲地有聲地說：「既然保住孩子是我們大家的共識，那麼，我們就想辦法找條路走下去吧！」

完全出乎意料的話，令邵恭青不敢置信地一愣，一向精明的褚意玫也難得露出呆愣的臉。

邵恭青還在發愣，眼淚已不受控制地湧出，眼淚掉在胸前的聲音，才將他喚回神，「謝謝……真的謝謝你……對不起……」

俞奕揚匆匆起身，將哭得不能自制的邵恭青按進懷裡，輕拍著邵恭青的背，低聲哄道：「別這麼激動，小心刺激你的胃。」

這段時間天天看著邵恭青自虐地過著日子，神情憔悴地強顏歡笑，沉甸甸壓在心上的憂慮與歉疚終於落了地。

這一個多月來，沒有一刻的空氣像眼下如此清新。

褚意玫悄悄走出病房，關上門，背倚著病房的門，無法控制地捂著臉又哭又笑。

13 同謀

病床邊窸窣的輕響，雖聲音已輕得幾乎聽不見，仍是令邵恭青自短暫的睡夢中清醒。入睡前仍收攏的百葉窗簾，不知何時已被人放了下來，病房裡的燈沒有開啟，只有自百葉窗的窗縫間微微透入的陽光，室內一片昏暗。

「奕揚？」

俞奕揚打開病房裡的燈，「餓了嗎？」

邵恭青搖了搖頭，還沒來得及多說，褚意玫已提著袋子，開門走入。

褚意玫看向病床，「恭青醒了？趁今天下午大家都有空，剛好討論一下必須處理的事。」褚意玫在病床邊的陪床椅上坐下，一面從提袋裡拿出平板電腦與文件，一面說：

「前幾天你的病況比較嚴重，而且我和奕揚都還有工作在身，沒有時間多談，只略討論了下。這幾天我利用瑣碎的休息時間，仔細想了想，整理了些想法，也做了些工作。你們有什麼想法，什麼擔心的問題，也都提出來，大家一起想想辦法。」

邵恭青一頭霧水地看向俞奕揚，「有什麼問題需要解決？」

俞奕揚摸了摸邵恭青的臉頰安撫他，「你別著急，我跟意玫談，你有想法就說，沒有想法也不要緊。我們現在不是在公司開會。」

褚意玫正在往病床邊擺放物品，聽得輕笑了聲，「開會這個主意不錯，日後有問題時，就來開個家庭會議解決。」褚意玫收起玩笑之色，正色道：「你上次提過我們兩家是否該搬家的問題，我這幾天想了想，覺得我們確實應該重新找住處。」

雖然關上門後怎麼生活，是他們幾個人的事，但是，如此奇特的家庭組合，即使成人可以不理會他人的流言蜚語，卻無法不考慮心智年齡尚未成熟的孩子，該如何面對他人歧異的眼光。遮掩，成了俞奕揚和褚意玫很快取得的共識。

褚意玫是個急性子，俞奕揚也是個辦事俐落的人，邵恭青清醒後隔天，兩人已急著為如何遮掩多了一人的婚姻想辦法。

邵恭青一時摸不清狀況，「搬家？為什麼？」

俞奕揚解釋：「我們兩家住太遠了，若是臨時有什麼狀況需要找你，難以互相照應，況且讓你每天深夜凌晨兩邊跑，我也覺得不太妥當。」

和褚意玫當著邵恭青的面攤牌後，邵恭青兩家往返的那段日子，每晚坐在客廳裡等著邵恭青時，他總是無法不擔心，邵恭青在路上是否平安。

深夜的路況比起白日，多了許多難以預料的意外。

「我也覺得讓恭青每天深夜得花個近半小時在街上，太辛苦了。」褚意玫補述道：「而且若是住得近，也省得他老往你家跑，即使同事、朋友們難以發現，鄰居的閒言也是麻煩。」

俞奕揚思忖了下，「既然如此，何不乾脆找個一層兩戶的房子住？」

「我也是這麼想。」褚意玫將平板電腦，以及房仲今早交給她的房屋周邊調查資料，一起遞給俞奕揚，「倫倫今年已經六歲，九月該去幼稚園上課了。我考慮了學區，還有我能接受的條件，趁前天有空，打電話給客戶和朋友推薦的幾位房仲，他們找了二十幾間房子給我，並且配合我的要求，把這些房子周遭的設施和街景都拍照整理給我。資料都在這裡，你看看有沒有中意的房子，我們約了房仲，等恭青一出院，大家一起去看看。」

俞奕揚仔細一一瀏覽著，挑出了間房子的資料，「這間房子離我弟的住處很近。」

褚意玫微揚眉，不做迂迴地直接問：「你想住得離他近些？還是遠些？」

邵恭青雖然和俞奕揚交往了數個月，聽過俞奕揚說了許多俞父生前的事，但是，關於弟弟，俞奕揚卻說得不多。

俞奕揚的母親已經再嫁，大部分時間都不在臺灣，同樣在臺北生活的弟弟，是俞奕揚最親近的家人了。

不知道俞奕新是否知道哥哥成了他人的婚外戀對象？

這麼一想，邵恭青不由得有些緊張。

「我弟知道我的性向，我也向他提過，我和恭青在交往的事。」俞奕揚在邵恭青的臉上看到了藏不住的憂慮，遂放下平板電腦，握住邵恭青的手，「我弟覺得我過得開心就好，與誰相戀，他都沒有意見。」

邵恭青聽得鬆了口氣。

「那麼可以住得離他近些不要緊，有什麼事也好互相照應。」褚意玫托著臉頰思索著，「我妹也知道我們的狀況。我跟恭青結婚後，這些年，為了不讓我爸媽知道我們真正的生活情況，我妹幫了不少忙。」

「恭青的父母應該是一定得隱瞞的人？」俞奕揚看向邵恭青。

邵恭青苦笑了下，「若是我爸知道這些事，他一定會打死我。我的弟弟和妹妹也都不知道……其實我們平常也不聯絡，雖然是兄弟姐妹，但是彼此很疏遠。」

「恭青的父親真的不是能溝通的人。」褚意玫嘆了口氣，滿臉無奈，「跟我爸簡直是一個模子印出來的。」

俞奕揚拍了拍邵恭青的肩頭，給了褚意玫一個同情的眼神，「妳也辛苦了。」

褚意玫托著臉思考，「不過，這倒是提醒了我，得多注意下倫倫跟爸媽他們說些什麼。倫倫漸漸年長了，若是不小心說出什麼，可就要掀起家庭風暴了。」褚意玫神情嚴肅地說：「恭青到奕揚的屋裡過夜的事，在倫倫能瞭解這些事之前，只能麻煩你們先盡力瞞著他了。」

「我保證不會讓倫倫發現。」邵恭青連忙說。

「我也不會在倫倫面前多說。」俞奕揚附和，「除了我弟和妳妹之外，我有個認識很多年的朋友，叫柳之東，他也知道我和恭青交往的事。但是，我沒有告訴他，你們假結婚的事，所以他一直很希望我跟恭青分手。」俞奕揚想著和柳之東的對話，不由得微揚唇角，摸了摸下巴，「他若是知道我們決定這樣子過生活，應該會非常吃驚。」俞奕揚看了看邵恭青和褚意玫，「你們介意我把實際的狀況告訴他嗎？」

褚意玫略思索了下，很快做了決定，「你跟他認識多年，他的為人應該你很清楚。既然你不介意告訴他，你與有婦之夫的婚外戀，我覺得告訴他實情，也不是問題。」

「之東雖然平常愛玩愛鬧，像個長不大的孩子似的，但是，是可以信任的人。」

褚意玫本就考慮過到底該讓哪些人知道他們生活實情的問題，既然話題已經扯到了這裡，索性直接問：「除了這幾個人，還有其他人知情嗎？」

邵恭青怯怯地看了看褚意玫和俞奕揚，「其實……有個同事也知道這件事。」出乎意料的知情人，令褚意玫不由得蹙起眉，「哪個同事？」

俞奕揚思索著邵恭青在公司的朋友圈，猜測道：「沈主任？」

邵恭青一臉尷尬地解釋：「我突然調回人事部，希江哥本來就覺得奇怪，又看我精神不太好的樣子，他誤以為是你們有了婚外情，才波及我，他說他要去找總經理，替我向奕揚討個公道。我怕他把事情鬧大了，想阻止他，沒有辦法，只好告訴他了……對不起！」

俞奕揚匆匆攔住自責得想鞠躬道歉的邵恭青，「只是小事，你好好在病床上躺著。」

褚意玫思忖著喃喃：「怪不得這陣子在公司遇見他，他老是一臉很想跟我說什麼的樣子看我，我還以為他還在耿耿於懷我想跟他搶部屬的事……」褚意玫從思緒裡回神，好奇地問：「他聽了後，怎麼說？」

「他勸我好好想清楚，是不是真的要跟奕揚分手，一直過著違心的生活。」

褚意玫揚高雙眉，一臉的意外，「我還以為沈主任是跟我爸一樣的人，沒想到竟然會這麼說。真是人不可貌相！」

「沈主任看起來是個相當謹慎的人，應該不會輕易告訴他人這些事。」俞奕揚想了想，說：「倒是創意部的幾個職員，我和恭青每天跟他們朝夕相處，即使再小心，要一直瞞著，恐怕還是不容易，特別是艾沛跟書帆，他們雖然平常看起來好像神經都很粗的樣子，但是其實都精明得很。只是，他們若是想知道些什麼，應該只會問恭青。」

邵恭青不是擅長隱瞞心思的人，聽見俞奕揚的話，不由得緊張了起來，「要說謊騙他們嗎？我得先想好說法，在家裡多練習幾次。我怕我說得不自然……」

沒等邵恭青將話說完，褚意玫插話道：「如果他們向你問起，就請他們來家裡喝杯茶，我跟他們談談。」

褚意玫明明一臉明媚的笑容，他怎麼覺得有股令人背脊發涼的殺氣？

邵恭青不由得看向俞奕揚，俞奕揚拍了拍他的手背，給了他一個安撫的微笑。

「就這麼說定了。」褚意玫做下結論。

「房子我也看得差不多了，我選了六間，妳先跟房仲聯絡，等恭青出院，我們就去看房子。」俞奕揚將平板電腦遞還給褚意玫，「到時也帶著倫倫一起去看房子吧！」

「帶倫倫去看房子？」邵恭青一臉茫然，「我們去看房子，對倫倫而言，應該很無趣吧？而且現在天氣又熱，還是別帶倫倫去吧？」

「我妹可以幫忙照顧他。」褚意玫說。

「在我十歲那年，我們全家一起從新莊搬到了臺北。去臺北看房子時，我爸媽特別帶著我和奕新一起去。雖然房仲說的話，奕新聽不太懂，當時的我也不太懂。但是，事隔多年，我們都還記得那年跟著爸媽去看房子，想像著未來要怎麼生活的情景。雖然房子只是一群人一起生活的空間，但是，那是我們對於家的想像很重要的開始。」俞奕揚環視了眼各自陷入沉思的褚意玫和邵恭青，「你們覺得……我和倫倫是什麼關係？鄰居叔叔？爸爸的朋友？」

雖然已經決定三個人要一起過生活，但是，褚意玫卻還沒有想好，該怎麼向邵以倫說明俞奕揚的身分。

為了保住邵以倫的監護權，她和邵恭青無法離婚，使得俞奕揚只能是邵恭青的婚外情對象。但是，這只是外人眼裡的三人，並非他們實際的關係。

在俞奕揚願意為了保護她的孩子而委屈自己，成為邵恭青的地下情人時，俞奕揚對她和邵以倫而言，其實也是如同家人的存在了。

「你當然是我們的家人。即使法律不承認，但是，我還是會讓倫倫知道，你不只是他父親的朋友。恭青應該也是這麼想？」

「當然！」邵恭青趕緊點頭附和，「對我而言，奕揚還有妳跟倫倫，都是我的家人。我只擔心你們不願意……」邵恭青越說越小聲，眼眶漸漸泛紅，「對不起……都是因為我，才讓事情變成這樣……」

「我沒有怪你，你不要一直跟我道歉。」俞奕揚在心底嘆了口氣，低下頭，直視著邵恭青的雙眼，神情嚴肅地說：「我和你交往之前，就知道你已經結婚了，也知道你有孩子，但是，我還是決定和你交往。我知道你不能離婚後，還是不想跟你分手。這都是我的決定，你沒有勉強我，也勉強不了我。」俞奕揚略揚飛揚的雙眉，一臉肅殺之氣，說：「你覺得我是別人可以勉強我做什麼的人嗎？」

邵恭青聽了低頭悶笑，褚意玫也微微一笑。

「他說的沒錯，而且你沒有非得要幫我保住孩子的義務和責任，你不跟我離婚，我很感激你。」褚意玫捂著額頭，臉上有些尷尬之色，「真要說有錯，也是我當初年少無知，輕信了不該相信的人，才造成今天的局面。」褚意玫雙手環胸，「所以，別再說這些話了，我們大家都是成年人，不管做什麼決定，都必須為自己的決定負責任。」

「我也是這麼想。」俞奕揚拿出手機，打開工作表，「恭青是週五出院，出院後，再休息個一天，我們再去看房子？」

「恭青剛出院，體力還不太好，你得多照顧他些，我問問我妹那天能不能跟我們一起去看房子。若是我和房仲說話時，也有人幫忙照顧倫倫。」

「我也傳個訊息給我弟……」

邵恭青插不上話，安靜地聽著俞奕揚和褚意玫的對話。雖然三人的生活在許多人眼裡，只可以用驚世駭俗形容，但是，能同時留住了情人和因為婚姻才擁有的家人，卻是他此前想都不敢想的奢望。

看著眼前正效率十足地協調工作分配的兩人，邵恭青不由得想起之前，俞奕揚和褚意玫在屋裡爭執的情景。

兩個多月前，兩人還是互不相讓的對手，一轉眼，卻成了與他合作維持有名無實婚姻的同謀。

像是一場不太真實的夢。

結束了工作分配的討論，俞奕揚回過頭，看向躺在病床上的邵恭青，關心地問道：「累了嗎？」

邵恭青握住俞奕揚貼上額際的手，衝著他微微一笑，「還好。」

褚意玫收拾了下隨身物品，提起提袋，「我去公司一趟，依夢剛剛傳簡訊給我，有個案子我得親自去處理。恭青就交給你了。」

俞奕揚玩笑地說：「妳放心工作，不用太快趕回來。」

「別太折騰病人。」褚意玫先不甘示弱地回敬了句，才笑著朝兩人揮了揮手。

看著病房的門關上後，俞奕揚在病床邊的椅子坐下，一面拉整下邵恭青身上的被子，一面低聲說：「以後有什麼煩惱，別憋在心裡，一定要告訴我。」

雖然俞奕揚沒有抓著他質問，但是，邵恭青仍是知道俞奕揚在說的，是他傳了分手簡訊，而後徹底斷絕聯絡的事。

邵恭青遲疑片刻，還是決定坦白自己的想法，「我知道我若是告訴你，你一定不會袖手旁觀，但是，我不想要你為了我委屈自己。即使只是和同性的情人牽手走在路上，都得承受他人異樣的眼光，更別說是牽著有婦之夫的手……我不想要你忍受別人的非議。」

俞奕揚微揚唇角，「如果你不希望我背負婚姻第三者的罵名，為何當初願意接受我的感情？」

「你跟我告白時，我很高興，因為我真的很喜歡你。」雖然兩人已交往了數個月，但是，天生的性子改不了，邵恭青還是一說情話就困窘不已，只得略停頓了下，等臉上的燥熱褪了些，才又繼續往下說：「但是，我不知道你會和我交往多久，我以為……也許不出幾個月，你就會和我分手。我和你之間的事，從開始到結束，只要你和我都不說，誰也不會知道。」

俞奕揚深深看了邵恭青一眼，「原來你和我交往之初，就打算始亂終棄，這真是令人傷心。」

邵恭青聽得臉色翻紅，急急忙忙解釋：「我、我不是這個意思……」

「我知道，我說笑的。才剛交往，有誰知道能不能長久。」邵恭青一下子沒追上俞奕揚突然轉彎的思緒，一臉傻氣地怔愣，俞奕揚看得心裡軟得幾乎要化了，伸手揉了揉邵恭青的臉頰，「我不會為了同情，就賠上自己的一輩子。最初和你交往時，我確實很希望你離婚，脫離虛假的婚姻，因為那個婚姻，沒有辦法讓你真的得到幸福。我沒有想過你離不了婚的可能，因為，如果你不願意離婚，那麼，我必定會和你分手。」

「但是，我現在確實不願意離婚……」邵恭青欲言又止。

「你不離婚，是為了保護你的兒子。我也不希望倫倫因為我，而必須回到他的生父身邊。既然如此，你離婚與否，就不是我要不要和你繼續交往的考量因素了。」俞奕揚以雙手包覆住邵恭青的手，低聲說：「和你交往之前，我曾經有過數段愛情。我的幾任情人都堅信無論遇到什麼困難，我一定能夠自己設法解決，所以，他們只需要倚靠我，不需要顧慮我的處境。」

邵恭青蹙攏眉心，心裡覺得疼，卻沒有急著多說，只是專心聽著俞奕揚的傾訴。

「雖然，我曾經相信，愛情就是不計較回報的付出，但是，只有單方面的付出，這樣的愛情終究令人耗盡心力。可是，如果計較了就不是愛，那麼，是不是我沒有資格愛上任何人？」

邵恭青天生纖細的骨架，令他的手彷彿可以輕易折斷。雖然握在掌心的手微涼，又過分的細瘦，但是，這卻是俞奕揚曾握住的手中，唯一讓他感受過溫暖的手。

邵恭青聽得眼眶含淚，悄然握緊俞奕揚的手。

「和你交往以後，我終於明白，原來不是我不應該擁有愛情，而是我不該與不愛惜我的人交往。恭青，你是我交往過的情人裡，唯一一位，讓我想要共度一生的人。」

俞奕揚托著邵恭青的臉，以指腹摩挲著邵恭青的臉頰。淚水落下後，在病房的冷氣吹拂下，眨眼失去溫度，濕潤了指尖的眼淚明明是冷的，卻令俞奕揚覺得無比溫暖，「你願意在往後的日子裡，讓我一直牽著你的手走下去嗎？」

邵恭青淚流滿面，哭得幾乎說不出話，哽咽道：「我願意。」

14 新調

下午兩點，正是夏日焰傘高張的時刻，但是不斷搬著沉重的箱子進出的人群，卻神采奕奕，一臉的笑容。

姚艾沛的大嗓門，即使隔著一段距離，還是充滿震撼人心的氣勢，「總監，這幅畫掛這裡好嗎？」

俞奕揚走進客廳，放下手上的沙發凳，快步走向姚艾沛所在的牆下，仰頭往上看，「稍微左一點，對！就是那個位置！」

「確定的話，我要釘釘子了喔！」

七月底剛完成一件大案子，總經理特別給了已連續加班多個月的創意部全體成員半個月的暑假，但是聽說了俞奕揚和邵恭青要搬家的消息，卻誰也沒有去度假，全都跑來幫忙了。

袁書帆走至俞奕揚的身畔，和他一起仰頭看著在半空中忙碌的姚艾沛，「沒想到總監竟然和恭青變成了對門鄰居，我想除了總監，沒有人能讓部屬心甘情願地住在對面了。」

俞奕揚仍扶著梯子，隨口說：「恭青常跟著我四處跑，住同層樓，若是夜歸也有伴。」

「這倒是，去年颱風夜你們不就一起留在內湖倉庫？我聽艾沛說時，都快嚇死了，要是有啥意外，褚經理大概會把我們大家都剁了！」

「我就覺得奇怪，怎麼耳朵有點癢，是誰在說我閒話。」褚意玟笑著大步走進客廳，拍了拍手，「大家都辛苦了！先休息下吧！恭青煮了一大鍋的綠豆湯，大家都到我家來喝湯！」

「綠豆湯！我最近一直想買來喝！太好了！」姚艾沛歡呼。

「艾沛妳小心點，別從上面掉下來，總監跟我可接不住妳！」

「閉嘴啦！」

「恭青哥，我還要一碗！」

邵恭青還來不及回應，沈希江已拍了下大兒子沈皓的頭，「叫叔叔！他是你爸的同事，叫什麼哥哥！」

今天是週六，聽說邵恭青他們還在搬家，沈希江就帶了大兒子也來幫忙。

「可是他看起來只比我大一點而已！」沈皓不服氣地抗議。

「輩分跟年齡有絕對關係嗎？去、去！去客廳，別在廚房裡礙路！」

待沈皓離開後，沈希江四顧了眼，確定廚房只剩下他和邵恭青後，才低聲說：「所以你們找到解決方法了？」

「嗯。我們問過律師，律師說只要我和意玫不離婚，倫倫就會是我的兒子。」

「俞總監呢？」

「他知道，也支持這樣做。」

從知道邵恭青的狀況後，就一直暗自擔心，想幫忙卻不知道能做些什麼，聽到事情有了轉機，沈希江終於放下心，「找到方法就好。雖然你又去給俞總監當祕書了，有空還是要來人事部走走啊！」

「好。」

瞥見俞奕揚走進廚房，沈希江拍了拍邵恭青的肩頭，「不打擾你們，我去客廳。」朝俞奕揚笑了笑，抬腳就往客廳走，不忘順道把廚房的門關上。

俞奕揚仔細端詳著邵恭青的臉色，「累嗎？你前不久才出血，別太勉強自己。」

邵恭青環抱住俞奕揚，朝他微微一笑，「沒事，我現在很好。」

俞奕揚故意上下打量了下邵恭青，搖頭，「還是不行。」

「不行？」邵恭青一臉困惑，低頭看著身上的圍裙，「這是意玫買的，她的品味應該比我好……哎！」俞奕揚冷不防在腰上捏了一把，邵恭青連忙笑著討饒，「別逗我笑！」

俞奕揚一臉嚴肅，「我只是想確認下養了幾斤，何時能吃。」

邵恭青瞬間滿臉通紅，「說什麼！」

「這樣氣色好多了。」俞奕揚收緊手臂，低下頭想吻邵恭青，邵恭青卻匆匆抬手擋住了他。

「若是有人突然進來怎麼辦？」

「我去把門鎖了。」

邵恭青驚呼：「那多奇怪！」趕緊抓住作勢想往門前走的俞奕揚。

俞奕揚回頭，冷不防輕吻了下邵恭青，附耳低聲道：「我先回屋裡去忙了，你晚上過來前，記得把你的私人物品帶來。」

邵恭青點了點頭。

「下次我另外買件給你。」

邵恭青一愣，擔心地問：「你真的覺得不好看？」

俞奕揚微揚眉，別有深意地盯著邵恭青笑了笑，看得邵恭青一陣臉紅心跳。

「布料太多了。」

八月底，雖已入秋，仍是相當炎熱的天氣。

邵恭青緊牽著邵以倫的手，在教室的走廊間一面張望，一面拚命急走。

「應該是這一棟沒錯……怎麼找不到這個編號的教室？」

讓著急的邵恭青牽著在幾棟教學樓走了好幾趟，邵以倫露出無奈的臉，「爸爸，要不要等俞叔叔來，我們再一起找教室？」

邵恭青停下腳步，回頭和邵以倫對看了眼，尷尬地笑了笑，「好。」拿出面紙擦了擦邵以倫的額頭，「對不起，很熱吧？」

邵以倫搖了搖頭，也抽了張面紙，擦了擦邵恭青的臉，「爸爸也滿臉都是汗。」

「謝謝。」

瞥見遠方疾行而來的身影，邵以倫雙眼一亮，「俞叔叔來了！」

俞奕揚大步走近，「你們怎麼繞到這裡了？如果不是我的手機能追蹤你的手機，我根本找不到你們。」

「我好像抄錯了編號，一直找不到這個號碼。」邵恭青匆匆將手上的紙遞給俞奕揚，「快上課了，得趕緊幫倫倫找到教室。」

俞奕揚看了眼紙條，「我剛才走來的路上，也沒有看到這個編號。你們在這裡等，我找個人問。」俞奕揚大步跑向不遠處廊外的人，短暫交談後，又迅速跑回，「我們去二樓！」

「好！」邵恭青牽著邵以倫匆匆走了幾步，卻突然聽見邵以倫的笑聲。

邵恭青納悶地回頭，只見俞奕揚一把抱起邵以倫，「我們跑過去，上課鐘要響了。」

俞奕揚話一說完就跑，邵恭青只好匆匆忙忙追趕。

邵以倫趴在俞奕揚的肩頭，朝邵恭青大聲吶喊：「爸爸加油！」

邵恭青差點笑得跑不了。

新學期的第一份繪畫作業，是畫自己的家人。

看著邵以倫遞來的圖畫，老師一臉的笑容，「哇——！畫得好棒！這位是以倫的……」

「媽媽。」

「這位是以倫的？」

「俞叔叔。」

老師指著畫面中站在最旁邊，身材相當高大的火柴人，困惑地說：「俞叔叔？」指向一旁的火柴人，「那這位是？」

「爸爸。」

老師恍然大悟，「原來是爸爸的朋友嗎？可是我們的作業是要畫家人喔！」

邵以倫一臉認真地說：「俞叔叔也是家人。」

老師一頭霧水，「但是俞叔叔不是爸爸媽媽的兄弟，不是嗎？」

邵以倫點了點頭。

「那麼他就只是爸爸媽媽的朋友了。」

邵以倫用力搖了搖頭，一臉嚴肅地糾正他。

「媽媽說，只要是真心互相照顧，生活在一起的人，都可以是一家人。」

老師微微一愣，還在思考，邵以倫朝他露出開心的笑容，大聲宣布：「我喜歡媽媽，爸爸，還有俞叔叔，他們都是我的家人！」

鳴叫了一整季的夏蟬，在夏秋之交的多日陰雨中消失聲息。

高懸的秋日照耀下，剛破土新生的蟬，接續響徹林間的夏蟬，唱起了一曲迴異，卻依舊充滿生命力的樂章。

祈路之夏　全文完

01

番外 痛愛

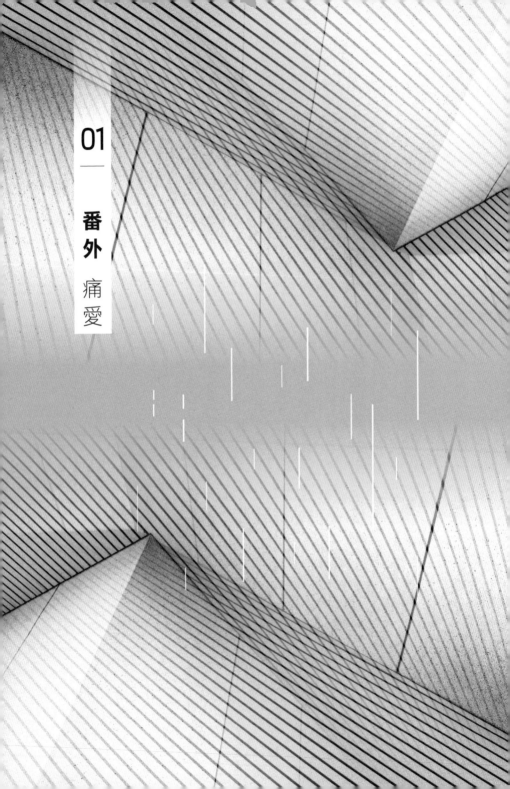

1.

打開門，一陣微微的水氣撲面而來。

俞奕揚微蹙攏眉，在門口停駐了幾秒，才走進屋裡。

或許是因為地形封閉的緣故，春末夏初的午後雷雨，水氣總是能在短短數小時內，淹沒整座城。即使關緊門窗，也無法阻止水氣，從肉眼難以瞧見，千百萬個縫隙滲進，處處落下霉斑，蔓延進心底。

衣袋裡的手機一陣輕震，俞奕揚拿出一瞧，是認識多年的高中同窗好友柳之東傳來訊息。

「處女座最近一個月感情運勢不佳，要小心留意溝通問題。祝好運。」

柳之東大學讀了心理系，畢業後，讀了研究所，也考了心理師證照。俞奕揚原本以為柳之東會以心理師為職業，柳之東卻一頭鑽進了星象與塔羅占卜，成了小有名氣的占卜師。

命運對俞奕揚而言，太過虛無渺邈。每年元旦，柳之東總是會打電話給他，熱心提醒他，新的一年如何趨吉避凶。他往往不置可否。

但是，六年前，他剛結束一段感情時，柳之東說的話，他卻在往後的幾年，不時想起：

很多人都覺得愛情毫無道理，會愛上誰，愛上什麼樣的人，得遇上了才知道。但是，我不這麼認為。在我看來，人往往不自覺透過愛情，想補償心裡的缺憾，有很多人想補償的是安全感——它常源自於童年的陰影，或是對親情的失望。你的每一任情人，都是如此。

他人身上的傷痕，常常吸引他的視線。或許是因為他的生命經歷過許多難以言說的疼痛，使得他對於他人的傷口特別敏感，總是能一眼瞧見，並感同身受，忍不住想要施以援手。

他的愛情彷彿遭到詛咒，不斷地重複著迴圈：幫助受傷的人，而後陷進一段感情，近乎予取予求地照顧情人。但是，他的每任情人卻都出軌，並因此決裂分手。

他愛過的人，有著驚人的相似之處：他們往往性格軟弱，即使身邊的人已是勒緊在身上，令他們喘不過氣的絲索，卻無法割斷糾纏，掙出困縛的繭，彷彿絲索已經深入骨血，成為他們生命的部分。絲索與困縛其中的他們，宛如共生。

他心裡明白，這些人不是好的感情選擇。但是，理智卻拉不住韁繩，他依舊飛蛾撲火般陷進一段段不該開始的戀情中。

「你的每一任情人，都是藉助愛情抓交替的人。藉著愛情，他們將解決不了的痛苦，轉嫁到情人的身上。他們已幾乎要溺死在自己的生活痛苦中，根本沒有多餘的心力好好愛你，在他們眼裡，你只是根比較華美的救命浮木，雖然華美，卻不是他們眼中的唯一。」柳之東曾這麼評論過他的幾段感情。

他很想反駁，卻啞口無言。

「你為什麼想跟我交往？」

他的每一任情人，都問過他同樣的問題。

二十出頭的時候，他還會認真地解釋，試圖讓情人瞭解：那些他的情人們自己看不見的優點。

但是，他的情人們卻不曾相信，那是他眼中的他們。

漸漸地，他終於瞭解，他的情人不是真的想瞭解他愛上自己的理由，他們的疑問，其實是在說：

你不可能真的愛上像我這樣，一無是處的人。

卑微，甚至成了他們合理化出軌的理由。

因為在愛裡太過卑微，承受不了壓力，才尋求他人的撫慰。

也許，他不該再愛上任何人了。

手機再次震動。

十天前已分手的情人齊明軒再次傳來簡訊。

「奕揚，我真的知道我錯了，我已經和我的前男友攤牌，刪掉了他的聯絡方式，也封鎖了他。拜託你，給我十分鐘的時間就好，我們好好談談，好嗎？」

屋外隆隆的雷雨聲，似乎在耳畔又響了些。他感到雨水濕透衣物，纏附在腿上，冰冷黏膩的不適感。

分手那天，他將齊明軒的電話從手機聯絡人名單刪除，也將齊明軒的ＬＩＮＥ、臉書帳號都設為黑名單。

他以為他已經將話說得夠絕情了。

但是，顯然齊明軒不這麼認為。

一週前，他才到妙思企業開始上班。雖然做的是熟悉的工作，但是，新的職場、新的部屬，仍是讓他不得不花費額外的心思在工作協調上。

他不該再讓任何人耗費他所剩不多的休息時間，哪怕只是短暫的心煩。

俞奕揚刪去簡訊，同時將齊明軒的手機號碼設定為黑名單。

2.

齊明軒和他交往了一年半，即使不是太瞭解他，他以為齊明軒應該至少知道，他有多重視公私分明。

但是，齊明軒不僅無視他的原則，更糟糕的是——齊明軒跑到他的公司來糾纏他的情景，還讓人事部的同事撞見了。

他和邵恭青此前只見過一面，雖認得邵恭青，卻不知道邵恭青的為人。

人事部一向是公司的八卦流通地。

最壞的情況是，明天他到公司時，全公司的同事都知道了他的性向，還有他的前任情人跑到他的工作地點，糾纏他的事。

雖然針對他的性向而生的流言與詆毀，他不是從未遇過，但是，他最近已經心煩至極……

該死的！

終於送走對他而言簡直已化身為災星的前任情人，俞奕揚卻沒有絲毫鬆了口氣之感。回過身，瞥見邵恭青站在大門前的身影，俞奕揚本就冰冷的臉色，更是瞬間幾乎要散發出黑氣。

雖然他打定主意忽視邵恭青的視線，但是，擦身而過的一瞬間，邵恭青突然哆嗦著向後退了一小步，令俞奕揚不由得瞥了邵恭青一眼。

他這才注意到邵恭青渾身濕透，臉色也透著異常的白。

俞奕揚的視線下移，在邵恭青讓血染紅的衣袖入眼之際，短暫一滯。

這個人是怎麼把自己搞得這麼狼狽？

俞奕揚在心底皺眉，不發一語地繼續往前走，卻遲遲沒有聽見背後傳來腳步聲。

看著電梯顯示的樓層數字一樓樓下降，直到電梯叮的一聲，在眼前開啟，露出電梯中的鏡子。鏡面反射的倒影，只有正在電梯前的他。

俞奕揚突然感到一陣惱怒。

即使恐同，也不至於嚇得連走在他的背後，都不願意吧？

這麼一想，俞奕揚反而不急著上樓了，索性雙手抱臂，沉著臉站在電梯口等待。

俞奕揚等了半晌，終於見到邵恭青出現在走廊拐彎處。

邵恭青低垂著視線，以相當遲緩的步伐，慢慢走近電梯口，一臉心事重重。

俞奕揚不吭聲地冷眼旁觀，等著他何時發現自己。

邵恭青陷在自己的思緒中，直到已走至電梯口前，才猛然抬頭看向俞奕揚。

看著邵恭青臉上的表情，一瞬間從驚嚇到絕望的變換，俞奕揚不知怎地，突然有些想笑。

雖然不知道邵恭青在煩惱些什麼，但是，他從邵恭青的表情，可以確知——邵恭青在大門前待了半晌才走近電梯，不是因為厭惡跟在他的背後。

剛進公司上班那日，在人事部見到邵恭青時，邵恭青臉上戴著一副鏡片遮住大半張臉的粗框眼鏡，又微低著頭，幾乎看不出邵恭青的表情。他對邵恭青的印象，是看起來非常削瘦的身形，五官算清秀端正，咬字稍微有點含糊，聽得出欠缺自信的說話方式。

眼下，遮住大半張臉的眼鏡不知去向，他才發現邵恭青的表情變化，相當的多。

這是個不擅長隱藏心思的人。

或許是一再瞞著他，和舊情人藕斷絲連的齊明軒，讓他對於善於隱藏心思的人產生難以抑制的厭惡感，眼前邵恭青顯得相當笨拙的舉止，令他覺得分外可親。

雖然覺得不該多管閒事，但是，他實在無法忽視邵恭青雙臂上，染紅衣袖的血漬。

他不太確定一直恍神的邵恭青，能在將傷口搞得更糟之前，平安回到家。

俞奕揚果斷開口：「邵恭青。」

邵恭青原本低著頭，看起來恨不得能化身壁虎，黏在電梯門上，聽見俞奕揚的叫喚後，微微一顫，才走近俞奕揚。

「俞總監，你也在加班啊？」

不是加班，難道是專程留在公司演分手擂臺？

「你說呢？」

「也是，這時間還在公司，不是加班能做什麼，我問得好蠢哈哈哈。」

邵恭青爆出一連串自嘲的笑聲，聽在俞奕揚耳中，卻更像是想哭又不敢哭的聲音。

俞奕揚心裡覺得有些不忍，暗忖不管他現在說什麼，應該都無助於減緩邵恭青的壓力，索性不再多言。

他不開口，邵恭青又把視線挪回電梯的樓層顯示上。

電梯裡的冷氣溫度頗低，邵恭青不自覺微微縮起肩，彷彿想將自己蜷縮成一團，徹底消失在俞奕揚的視線裡。

看起來像極了他的弟弟奕新飼養的兔子。

兔子是非常膽小的動物，一受到驚嚇，就縮在地上，動彈不得。

俞奕新是獸醫，為了收治的動物，盡力避免在外地過夜的行程。兩兄弟平常各忙各的，少有機會見面，俞奕新養的兔子沒怎麼見過俞奕揚，俞奕新幾次為了出國開會，不得不把兔子交給哥哥代為照顧時，兔子每每剛見到俞奕揚，就嚇得一動也不動地僵著。

電梯叮的一聲。

人事部所在的九樓到了。

俞奕揚雖然不放心讓邵恭青就這麼離開他的視線，卻又覺得不管自己說什麼，都非常冒然。

兩人雖然是同事，但是，幾乎跟陌生人沒有兩樣。

他若是突然提出想要替邵恭青處理傷口的要求，在邵恭青知道他的性向的情況下……在邵恭青眼裡看來，應該像是不懷好意吧？

俞奕揚還想不出個合理的說法，邵恭青轉過頭，依舊低垂著視線，朝俞奕揚點了下頭，眼看就要走出電梯，俞奕揚心裡一急，猛然伸長了手，拍上了電梯的牆，發出一聲重重的砰響。

電梯牆發出的聲音，不僅嚇住了邵恭青，也讓俞奕揚自己心裡一驚。

邵恭青渾身劇烈一顫，「俞……俞總監？」

一時情急，後悔已來不及。俞奕揚尷尬得背脊一陣刺麻，卻強撐著沒有表情的冷臉，「你跟我走。」

邵恭青臉上的表情，已經不能用驚嚇來形容，簡直可以稱之為面如死灰了。像是要上死刑臺接受極刑的人。

電梯門在兩人無言對視間，慢慢靠近，闔上。

俞奕揚即使心裡此刻充滿了奔騰的自我吐槽跑馬燈，還是一臉冷靜地收回手，維持著若無其事的模樣。

邵恭青應該覺得遇到變態了。

俞奕揚自暴自棄地想著。

俞奕揚有完美主義，無論是對於工作，或是個人形象，都帶著吹毛求疵的自我要求。活了三十一年，第一次感到形象隨滔滔江水，一去不復返地崩潰。

3.

雖然手上仍有不只一個正在執行的案子，但是俞奕揚還是推開工作，空出時間，專程前往保養品品牌的新品展售會，觀察路人觀看由妙思製作的廣告影片的反應。

在人群邊緣待了半個多小時，俞奕揚才離開活動場地，走向新光A9與A11間的人行道，打算去買份晚餐，再回公司加班。

時值晚餐時間，人行道上來往的行人頗多，但是，俞奕揚仍是一眼就看見了在櫥窗前的邵恭青。

瞥見邵恭青的剎那，俞奕揚不由得微揚唇。

眼前彷彿又見那日，邵恭青剛到創意部時的情景。

「俞總監為什麼想要我擔任祕書？」

邵恭青的臉上，明顯可見的小心翼翼，過度拘謹的態度，反而讓他突然很想捉弄下邵恭青。

在邵恭青再次重提絕對會保密他的性向的承諾後，他故意說：「我知道。而且你現在是我的私人祕書了，必須聽我的，若是你想告訴別人，得先好好考慮你身為人質的事實。」

聽見他的話後，邵恭青滿臉不知所措的驚愕，令他幾乎忍不住大笑。

雖然故意一番胡說嚇唬邵恭青，但是，他指定邵恭青作為貼身祕書，其實是出於工作的現實考量。邵恭青在人事部工作數年，認得所有同事，也熟知各部門的職務範圍，有助於他為了工作而需要的跨部門協調。況且，祕書鎮日跟著他，日久總是會知道他的性向的。邵恭青能瞭解狀況，對他而言，省了很多麻煩。

這幾日邵恭青跟在他的身畔忙進忙出，雖然工作依舊忙得讓人幾乎喘不過氣，甚至，與業務部、廣告主溝通時的問題，不時惹得他動怒。但是，他壓抑著怒氣，向邵恭青交代工作時，邵恭青手上忙著抄寫，視線卻不敢稍有偏移地緊盯著他，在寫完筆記後，不知想到什麼，兀自紅著耳根子，豎起筆記本半遮著臉，看起來頗懊惱的偷偷嘆氣，相當逗趣的小動作，卻令他不覺發笑，原本一肚子的怒火，都消散了。

選擇邵恭青作為貼身祕書的決定，果然是對的。

俞奕揚隨著人群往前走近了些，才注意到邵恭青的面前站著一個男人。

邵恭青背對著他，他看不見邵恭青的表情，只看到面向邵恭青的人，正抓著邵恭青的手臂，一臉迫切地說話。

哪家公司的推銷員，態度這麼囂張？

邵恭青調到創意部擔任他的貼身祕書後，兩人這幾天相處的時間大增，他對邵恭青有了更多的瞭解。

邵恭青是個很不擅長拒絕別人要求的人，即使那個要求相當無理，已令邵恭青感到為難。

推銷員恐怕是發現了這點，才這麼強硬地糾纏邵恭青。

俞奕揚加快腳步走向前，待走得近些，兩人的交談頓時清晰。

「你們公司最近在大舉徵人，我上週五寄了履歷，但是到今天都還沒有回音，不知道怎麼了。我真的很想要進妙思工作，你能不能幫我個忙？」

原來是認識的人。

「我不在人事部工作，沒辦法探聽人事部的消息。你再寄一次，也許就會有回應了。」

邵恭青的聲音隱隱發顫，聽得出他的恐懼，但是，雖然害怕，雖然沒有語氣強硬地直接否決，邵恭青仍然是拒絕了無理的要求。

俞奕揚有些意外。

他知道這對邵恭青而言不容易。

原來邵恭青比他所瞭解的更勇敢。

「你老婆是業務經理，這應該只是小事吧？」抓住邵恭青手臂的男人，拿了張名片，硬塞進邵恭青的手上，闔上邵恭青的手，重重拍了拍，「老同學一場，就幫我個忙嘛！」

男人非常失禮地拍打邵恭青的手。即使是性格再軟弱，不敢強硬抵抗的人，遇到厭惡的碰觸，多半也會有自然的退避舉止，但是，邵恭青卻沒有瑟縮，像是嚇得無法逃走的兔子，動彈不得。

「我……」邵恭青的聲音，聽起來像是快哭了。

他和邵恭青在公司大樓門口偶遇的那晚，邵恭青也嚇得不輕，卻未至此。

察覺邵恭青的不對勁，俞奕揚猛然伸長手，抽走邵恭青手中的名片，介入兩人之間的對話。

「賈義哲？做業務的？」

賈義哲衝著俞奕揚，露出個討好的笑容，「我是邵恭青的高中同學。不知道怎麼稱呼？」

俞奕揚完全沒有與賈義哲多談的耐心，毫不客氣地嘲諷了賈義哲幾句後，牽著邵恭青轉身。

邵恭青一轉過身，臉色立刻暴露在俞奕揚的視線裡。

邵恭青的臉上毫無血色，甚至隱約可見沁出的冷汗。

簡直嚇得魂不附體。

俞奕揚牽著邵恭青大步走進新光三越，一直到走進電梯中，才鬆開手。

即使賈義哲已不在眼前，邵恭青卻仍微微顫抖著，臉上也依舊是沒有血色的白。

明明還驚魂未甫，邵恭青卻向他一鞠躬，「真的很謝謝你！」

一個人究竟是被貶抑得多低，才會明明自己受傷了，正汩汩流著鮮血，卻還優先考慮別人的感受？

俞奕揚趕緊攔住邵恭青，「只是小事……」幾滴淚水瞬間打濕了他的手臂，「邵恭青，你在哭嗎？」

「對不起！」

邵恭青低著頭，又急急忙忙用雙手抹臉，他瞧不清邵恭青的表情，但是邵恭青的耳廓徹底紅了，可以看得出邵恭青的驚慌與窘迫。

「你不要跟我道歉，你又沒做錯什麼。」俞奕揚看得心裡隱隱有些疼，趕緊翻找衣袋，想替邵恭青解圍，「我的面紙沒了……」

電梯門突然叮一聲開啟。

有其他人要進電梯了！

邵恭青明顯地一僵。

俞奕揚心裡一急，猛然將邵恭青按到胸前，轉過身，遮住了邵恭青。

電梯外的人魚貫而入，俞奕揚不得不往牆邊走近些，幾乎緊貼著邵恭青而站。

雖然邵恭青一動也不敢動，但是，呼吸的氣息，夏衫的輕薄衣料擋不住。微微的溫熱，隨著邵恭青呼吸的節奏，略急促地一次次拂過俞奕揚的胸口，將他的心口撓得隱隱作癢。

俞奕揚的臉微微發熱。

幸好他不是容易臉紅的人。

電梯一層層緩緩下降，身畔的人漸漸散去，直至抵達最後的樓層，電梯裡再次只剩下兩人。

俞奕揚知道他可以鬆手了，也應該鬆手了，但是，心底卻油然升起一股不想收回手的抗拒。

4.

俞奕揚曾花了將近一年的時間，才擺脫失眠的糾纏。

失眠，是一種病，也是一種將時間荒蕪的魔咒。它能癱瘓時間感，將短短的十分鐘在心裡擴展成一小時，甚至是兩、三小時的長度，讓受困其中的人，熬白了頭髮，遲遲等不到天明。

曾經讓失眠糾纏過一年的慘痛經驗，令俞奕揚不敢怠慢睡眠這位嬌客，無論白日多麼忙碌，就寢前，總是強迫自己冷靜思緒，以準備迎接睡意降臨。

在新光三越和邵恭青偶遇的當晚，失眠躡手躡足，無聲無息地逼近，冷不防攀上，就這麼跟了他半個多月。

每到夜深人靜，閉上眼，他想冷靜思緒，卻不由自主想起白日在辦公室時兩人對話的情景，想起邵恭青貼在他胸前時，直搔入心的癢。他不由得伸手摸了摸胸口，像是想確認它不在胸前，又像是希望它不是個幻覺，而是真實的存在。

夜裡獨處時心裡的騷動，漸漸向白日延伸。

邵恭青有著天生較淺的髮色，深褐色的髮絲看起來細軟輕盈，像是新生的毫毛。他不由得想起邵恭青留在他心底，極輕微卻難以忽視，羽毛撓過似的癢。也許那不只是邵恭青的呼吸所致。

兩人幾次因為工作而貼近時，他不由得盯著邵恭青的頭頂瞧，幾乎忍不住伸手捉住，飄揚在他鼻尖前的髮絲。

他極力想無視心底的騷動，但是，它卻與他的理智作對，一日日益發增強。他不得不在好不容易從忙碌的工作中暫時脫身的週五夜晚，思考不斷地在心底輕撓的煩惱。

沒想到就這麼睜眼到天明。

困在失眠癱瘓的時間裡一整夜，好不容易熬到天色微微泛白，俞奕揚立刻打電話叫醒了柳之東。

「今天是週六，現在才早上六點多，苦命的我就被壞朋友叫起床……誰來幫我鞭數十，驅之別家？」

「別以為我聽不出你在講的是癩蛤蟆。」

「哎唷！原來是癩蛤蟆，我就想這麼一大早，是什麼能叫得這麼響？」

「是啊，快叫個幾聲證明你還活著。」

「呱、呱！」察覺俞奕揚的煩躁，柳之東配合地怪叫了兩聲，試圖博君一笑，「誰昨晚餵了斤火藥給我們的俞總監，大清早就爆炸？」

「我想，我太過關注某個人了。」俞奕揚毫不拐彎抹角，直接切入重點。

「媽呀！」柳之東嚇得瞌睡蟲眨眼全跑光了，迭聲大呼：「這次是什麼身世？家長會虐待他？還是家長有控制狂，把孩子當成私有物？或是被男朋友毆打？」

雖然他的幾個前任情人，都有著非常坎坷的身世遭遇，柳之東的推測不是毫無道理，俞奕揚仍是聽得心裡有些鬱悶，「都不是。」

「噢，謝天謝地，愛神終於睜開眼睛射箭了！我們奕揚終於可以談場普通的戀愛了！」柳之東歡呼了句，旋即興沖沖問道：「新對象是什麼樣的人？帥嗎？不對，帥不帥不重要，重要的是會不會劈……」

柳之東的話還沒有說完，俞奕揚冷不防接話：「是有婦之夫。」

「有、有婦之夫？」柳之東驚訝得結巴，「你鬧我吧？別說笑，今天不是愚人節。」

「他還有個五歲大的兒子。」

這句話如一記無預警捶上臉的暴擊，柳之東一下子暈了。

柳之東沉默了片刻，猛然爆出一串話：「你現在馬上去找個游泳池，要大一點，水才夠冷，去冷靜一下！」

「你放心，我沒事。」

柳之東抓著頭髮大叫：「沒事你會一大早打給我？」

「我只是心情有點煩，想找人說幾句。」俞奕揚的語氣淡漠，彷彿他正在和柳之東談論的，不是已造成他半個多月難以入眠的煩惱，「他的妻子是我的公司同事，是業務部的經理，不僅長得漂亮，對身邊的人也很照顧。他沒有和她離婚的理由，所以你不用擔心。」

柳之東沒有理會俞奕揚的安慰，只是忙著整理俞奕揚給他的訊息，「他的妻子是你的同事？你們怎麼認識的？你不是才到妙思上了沒幾天的班，這麼快參加員工旅行？」

「他是我的私人祕書。」

「你可以換個祕書嗎？」

「他一個月前才剛調來創意部，是我跟總經理要的人。」

「才一個月你就陷進去了？這次也太快！」柳之東嘆了口氣，「雖然我一直不喜歡你的每一任情人，很希望你不要再老是找傷痕累累的人相戀了……你知道我的意思不是說傷痕累累的人不好。」

雖然沒有明言，但是，他和俞奕揚心裡都知道，俞奕揚也是傷痕累累的人。

即使知道俞奕揚不會將他的話，視為對自己的暗諷，但是，柳之東還是喜歡把自己的想法盡可能說得清楚些，不要留下空白，給錯誤解讀產生的機會。他的工作，讓他不得不讓自己時時謹慎小心，避免說出無心卻傷人的話。

「嗯。」

「我接觸過很多傷痕累累的人。他們之中，有些人體認到只能倚靠自己，而長成了堅強的樹，或是雖然看起來軟弱，但至少堅韌的草；有些人，卻為了在艱難的環境中勉強活下去，變成只能攀附他人而活的菟絲花。」柳之東想著俞奕揚過往的幾段戀情，不由得欷歔，「我知道你有很強的保護欲，喜歡柔弱的人。柔弱沒有不好，但是，你至少也挑枝能自己生存的草，偏偏你老是愛上讓人窒息的菟絲花。」話說到最後，隱隱有些恨鐵不成鋼的意味了。

俞奕揚聽了，只能自嘲地輕笑了聲。

柳之東拼湊著俞奕揚話中的訊息，想了想，有些納悶地說：「但是……你同事的狀況，聽起來好像還不錯，你怎麼會中意他？」

俞奕揚想起邵恭青剛調到創意部工作的那日，手臂上纏得慘不忍睹的繃帶。那像是自己設法纏在手上所致。

雖然很多同事相當嫉妒邵恭青的婚姻，但是，他總覺得邵恭青的生活有些不對勁。

不過，也許這只是他自求心安，不讓自己過度羞愧的錯覺。

「其實……他沒有過得太好。」俞奕揚即使語氣起伏不大，但是，柳之東與他認識多年，仍聽出了其中的些許不確定。

「算了，這個不是重點。」柳之東扶額嘆了口氣，認真地勸告：「讓他離你遠一點，不管你用什麼方法。」

俞奕揚失笑，「應該只是一時錯覺，不需要這麼誇張吧？」

「你不要把他留在身邊。」柳之東再次認真勸說，「我怕……他想跟你走，你該怎麼辦？奕揚，你和我都知道，有多少人不是一開始就知道自己可能喜歡同性。」

柳之東的話戳中了他心底的舊傷，俞奕揚心裡隱隱作疼，卻刻意玩笑道：「你讓我覺得我有特殊的魔力了。」

「拋妻棄子不是這麼簡單的事，他承受不起代價，你也一樣。」雖然不願意刻意掀朋友的舊疤，但是，柳之東擔心不將話說絕，俞奕揚可能就這麼陷進去。畢竟，前例已經太多。

柳之東嘆了口氣，「你會受不了的。萬一……他們發生了什麼意外。」

往事的陰影，自俞奕揚的心底乍然翻湧。

他好像又看見了，那個失去了原本主人的房間。雖然房裡仍保留著曾居住於此的人，生前的活動痕跡，但是，他的父親卻再也不會回來了。

他還記得，父親走後數個月，他在學期結束的長假回到臺灣，刻意睡在父親生前睡的床上。

母親仍在不知何處的宮壇，追逐能與已在黃泉之人聯繫的方法；服用了鎮定劑的弟弟，正陷入難以叫醒的深眠之中。

屋裡沒有任何人活動的聲響，角落的房間比平日更為安靜，父親生前睡過數年的床，夏季時鋪上的涼蓆，隨著房間空置而遭人遺忘，仍鋪展在床上。涼蓆在冬夜裡散發著凍人的寒氣，他獨自泅泳在冰冷的寂寞裡，藉想像試圖觸及父親的心情。

父親不曾將心底的痛苦告訴家中的任何人，使得他的自殺，如晴空突然閃過的雷電。不只是母親和弟弟感到茫然而困惑，他也相同，只是他比母親和弟弟擅長找理由說服自己接受現實。

父親的死亡讓他知道，愛擁有的殺傷力，甚至可以讓仇恨失色。

俞奕揚沉默了半晌，「你晚點有空嗎？來我家喝一杯。」

柳之東知道俞奕揚將他的話聽進心裡了，暗自鬆了口氣。

俞奕揚是他為數不多的至交中，身上光芒最為閃耀的一個：高大的身材，稜角分明的五官，使得他屢次在品牌展售會會場，讓人誤認為是即將上臺走秀的模特兒。不只外貌出眾，與外貌相襯的藝術才華，以及年紀輕輕就在設計界大放異彩的幸運，俞奕揚在許多人眼底，無疑是受到上天極度眷顧的。

這樣的人，自然是永遠不會缺乏愛慕者。可是，俞奕揚的感情經歷，卻是一本爛帳。

俞奕揚總是愛上將救贖寄託在愛情的人，他將情人身陷的困境背負在身上，為了拯救情人而費盡心思，卻只換得了傷痕累累的背叛。儘管如此，因為俞奕揚身上籠罩的光芒，即使在感情裡受到重傷，明明是受害者，卻總讓人誤以為是加害的那一方。每次和情人分手，俞奕揚總是背負著負心薄情的指責議論。

這個世間不是只有強者才能凌虐弱者，如巨石般堅強的人，依舊有著無數孔隙。俞奕揚的前任情人們，用水一般讓人難以察覺的方式，滲進俞奕揚的心底，鑿穿一道道細長的裂痕。

在他看來，俞奕揚每陷入一段愛情，就是又一次自我凌虐。為了配合自卑的情人，俞奕揚不得不變得比情人更卑微，幾乎將一身的光芒，徹底埋進塵土。

以愛為名，在鷹的雙爪套上鎖鏈，強迫本是翱翔於萬丈高空的鷹，不得不只能在地上徘徊，這是何其殘忍的一件事。

柳之東只是在一旁看著，都覺得不忍，卻阻止不了俞奕揚一再地顛仆。

「我今天早上有三個客戶，下午有兩個客戶預約諮詢，再加上可能突然上門詢問的人，忙完可能是黃昏，也可能已經是晚上了。我結束工作，就立刻打電話給你。」柳之東說。

「嗯。」

5.

睡夢中翻了個身，身旁的位置少了本應躺著的人。俞奕揚一瞬間醒了過來。

落地窗前的窗簾未全拉上，些許灰藍色的天光，流洩在窗前的鋪木地板上。

陷入睡夢前的記憶，停留在隱隱發亮的天空。入秋以後，白天一天天短了，他應該是六點多時睡著的。

天空仍然是灰藍色，屋外的風雨應該尚未停止。

俞奕揚握住主臥室的門把，無聲無息開啟，微微拉開房門，一陣鍋鏟聲入耳。

知道了昨夜的枕邊人去處，俞奕揚放下心，沒急著走出房裡，先進了浴室梳洗。

走出主臥室，鍋鏟聲已經停下，取而代之的是湯水滾動的聲響。

俞奕揚循聲走向廚房，微微推開拉門，一陣令人垂涎的香氣撲面而來。俞奕揚卻不走進廚房，只是倚在門邊看著。

邵恭青沒有察覺背後的視線，站在流理臺前，很專心地收拾著烹煮中使用的碗盤，不時拿著湯勺在湯鍋裡攪拌了數下。這麼看著邵恭青，俞奕揚不由得想起兒時記憶中的父親。

不同於平日幾乎不進廚房的母親，父親非常喜歡廚房。從他有記憶以來，每日清晨，仍睡眼惺忪時，父親就已經在廚房裡，不知醒了多久。

父親不喜歡別人幫忙，總是獨自在廚房裡忙碌著。每日的早晚餐，假日的三餐……他的父親花了很長的時間待在廚房裡。小時候，他很好奇廚房究竟有什麼魔力，能讓父親這麼喜歡獨自待在廚房中，他總是在廚房外聽著聲響，趁著父親忙碌的時候，悄悄推開門縫，窺看廚房中的父親。

但是，無論他怎麼瞧，都看不出廚房的異常之處，父親也只是在做菜，沒有出乎意料的舉止。

漸漸地，他不再關注父親究竟為什麼喜歡獨自待在廚房。

一直到父親自二十幾樓高的房間，一躍而下。

他恍然了悟——廚房是父親在漫長的身不由己生活中，唯一的喘息餘地。

邵恭青是否也是用相同的心情，將自己藏進廚房裡？俞奕揚忍不住想。

邵恭青身上還穿著他的睡衣上衣。那是凌晨兩點多，趁著風雨短暫減緩的半小時，他驅車返家後，拿給邵恭青的衣服。

兩人二十公分的身高差，令原本長度只及髖骨下方五公分左右的上衣，到了邵恭青身上，倒像是半遮住大腿的短睡袍。

邵恭青將過長的衣袖摺了數次，固定在手肘上方。露出衣袖外的手臂，與他昨晚摸索時，浮現在腦海中的模樣相符，細瘦而蒼白。

昨晚邵恭青在他的枕畔睡了一晚，卻只是睡了一晚，什麼事都沒有發生。

他相信這件事若是讓他人知道，恐怕沒什麼人願意相信。連他自己都不能相信。

他的幾位前任情人，都非常渴望能藉著愛情彌補心裡缺乏的安全感，然而，他們的愛情卻辦不到。不僅公開戀情，意味著得承受來自四面八方的壓力，在他們身處的國度裡，婚姻更是他們一生難以擁有的契約。

沒有義務與責任的承諾，情人只是長期床伴。他們的愛情是寫了開頭，卻不能自己安排結尾的小說，既然不論怎麼走都抵達不了想要的歸處，索性也不在意過程了。

他和他的前任情人們，總是一看對眼，就心急火燎地剝去各自的一身衣物，滾上了床，像是只剩眼前的纏綿，就沒有往後的日子了。反正終歸是要散的，又何必太費心思經營。即使他們都知道，愛情是需要經營的。

雖然他的愛情屢屢以發現情人劈腿，不歡而散收場，彷彿分手的責任都在他的那些前任情人身上。但是，他始終覺得，無法長久的愛情，他也是有責任的。

他交往過的情人，總是無視是否造成他的生活困擾，提出許多任性而無理的要求，甚至為了達到目的，不惜自殘，迫使他不得不一接到情人的電話，就拋下一切，立刻奔走著設法滿足他們的要求。他雖然為此筋疲力竭，卻仍是沒有半句怨言的努力，但是，無論他做再多，永遠都不能填平情人心裡的無底黑洞。

他不知道究竟出了什麼錯，是哪個環節或是哪個因素，才讓他的前任情人們始終無法相信——他是真的愛他們。

欠缺信任的愛情，是沒有打好地基，就急著一層層往上加蓋的高塔，即使裝飾得再華美，終究是要倒塌的。

昨晚將邵恭青帶回屋裡後，他將主臥室的浴室讓給邵恭青，自己到客房的浴室換下身上的衣服，等到他回到主臥室時，邵恭青已躺在床的一側，蜷側著身。

他坐上床沿，關了床頭的燈，摸黑掀被，在邵恭青的身側躺下。輕薄的衣料只能遮住視線，遮不住衣下的身形。邵恭青的胸下緣肋骨，清楚地磕在他的手臂上。他順著寬大的袖口，往衣下摸去，指尖觸及的胸膛，瘦得骨節分明。他有種錯覺，他只要再用些力氣摟著邵恭青，邵恭青就要讓他給碾碎了。

雖然是秋夜，屋外風雨又大，但是屋裡仍相當溫暖，身上又蓋著條被子，背後還貼著個人，他在邵恭青的背上，摸到了層細細沁出的汗水，但是，邵恭青的手卻是沒有溫度的涼。不知道究竟是緊張，還是……恐懼。

他是邵恭青活了近三十年，第一個向邵恭青告白的人。過去的幾個月，他屢次捕捉到邵恭青的視線追著他走，而後猛然收回視線，悄悄紅了臉的樣子。他知道自己對邵恭青而言，是有吸引力的。

但是，他卻不能篤定，邵恭青是真的想跨出婚姻的禁忌界線，還是，只是無法拒絕有人顧惜自己的渴望，就任他牽著走了。

邵恭青留在他胸口的騷動，在過去幾個月，不分日夜地撓著心口。他拚命想撫平它，甚至刻意在工作時，不時提醒自己，以生疏冷淡的態度面對邵恭青，想藉此抹去曖昧的氛圍，卻都無法奏效。但是，等到邵恭青真的躺在他的懷裡了，他卻反而覺得心裡躁動了數個月的火焰，低了下去。

他摸著邵恭青細瘦的手，想著邵恭青告訴他的那些往事，心裡的火還燒著，他覺得腦袋燒得都有些發昏，眼底的黑暗都透著火紅，心裡脹得作疼，身上卻反而感到了寒冷。

那樣的事件，相似的太多，每日每日都在社會的各個角落上演。新聞甚至已不太報導，除非釀成死亡，才有機會登上新聞版面，在不幸的一生結束後，得到陌生人一聲感嘆。但是，即使沒有在當下死去，卻也無法輕易地抹去痛苦的記憶，像是什麼都沒有發生過地活下去。

他反覆撫摩著邵恭青的背，直到邵恭青讓他哄得撐不住，靠著他的胸前，放鬆精神睡了，他還是沒有睡意。

他一直睜著眼，直到天色微微泛白，房裡慢慢滲進了些淡青色的光線，將邵恭青側著的睡臉，自黑暗裡勾亮。

邵恭青的膚色非常白皙，淡青色的光線下，白得如雪做的人偶，彷彿只是伸手輕輕撫摸，掌心的溫度也足以令他破碎。邵恭青有著比實際年齡看起來小了數歲的娃娃臉，雖然削瘦，卻因為臉型線條柔和而不覺凹陷，只是看起來臉更小了些，好像不及巴掌大。閉著的雙眼，長長的眼睫下，隱約可見疲倦的淡青色陰影。

邵恭青在人前，雖然時常笑著，但是，即使邵恭青已拚命笑得連眼睛都彎了，讓人無法看見邵恭青藏不了真實情緒的雙眼，還是掩不去一身淡淡的憂鬱氣息，如同眼底的陰影。

俞奕揚知道邵恭青眼裡的自己，相貌平庸，毫不起眼。初識時，他也覺得邵恭青相貌只稱得上清秀，是人群裡一眼看過去，不會特別引人注意的臉。但是，相識日久，他卻漸漸地在邵恭青小巧秀氣的五官，看出了幾分獨特的韻味。邵恭青有雙眼型偏圓，看起來相當無辜的眼睛，墨黑的眼珠子，透著潤澤的光。每當邵恭青盯著他瞧，他就覺得心底發軟。

只是瞧著邵恭青安靜放鬆的睡容，雖然什麼都沒有做，他卻覺得心裡有著此前未曾在愛情裡體會過的踏實感。他就這麼盯著邵恭青，不知瞧了多久，才跟著入睡。

昨晚兩人在內湖的倉庫獨處時，風雨的阻絕，使人恍然心生與世隔絕之感。兩人宛如坐困在沒有他人的孤島，只好相依為命。他在邵恭青不經意說溜嘴的話裡，捕捉到了絲邵恭青極力隱藏的生活實情，他以自己不輕易向他人言說的家事為線，慢慢牽著邵恭青也鬆懈心防，說出了一直埋在心底的祕密。

即使邵恭青一直用力揚著笑容，拚命想說服他，甚至說服自己——現在的生活，是幸福的。但是，他卻在邵恭青慌亂的眼神裡，看到了邵恭青連自欺都辦不到的心虛。

邵恭青遭到霸凌的過往，令他聽得既心疼又憤怒，也令他意識到自己無法冷卻的情感；邵恭青與褚意玫婚姻的實情，瓦解了過去數個月裡，他一直用來說服自己不該逾矩的理由。

即使邵恭青沒有向他求救，他仍是不顧一切抓住邵恭青的手，想將明明在痛苦中幾乎快要溺斃，卻毫不掙扎的邵恭青，拖上岸。

睡醒之後，窗外的風雨依舊大作，繼續將他和邵恭青隔絕在孤島般的屋裡，彷彿世界依舊只剩他們兩人。

他卻已從昨夜激盪的熱情中冷靜了許多。

他不該拉著邵恭青，讓邵恭青糊里糊塗地越過婚姻的禁忌。

即使邵恭青與褚意玫的婚姻，是兩個當時走投無路的人，在焦頭爛額之際勉強湊合的求生方法，但是，出軌，仍然必須付出相應的代價。

他想知道，邵恭青是否真的想清楚了。

俞奕揚走上前，環抱住邵恭青，低下頭，貼著邵恭青的臉側，喃喃：「如果你後悔了，現在告訴我，還為時不晚。風雨過午應該會比較減緩，你可以打電話請褚經理來接你。」

邵恭青停下手，卻沒有開口，只是任他摟著。

一時廚房裡只有水流動的聲音，間雜著爐火燃燒的聲響。

邵恭青低垂視線，盯著流動的水，「你……後悔了嗎？」邵恭青的聲音輕得每字都在飄浮，卻還是繼續往下說，像是想擠出所有肺中的空氣。「你不需要捲進我的渾水裡。雖然，你說，你願意愛我，我很高興，簡直像是在做夢。我從來沒想過，我愛上某個人，那人也愛上我的事，會發生在我身上。」邵恭青笑了笑，環抱著他的俞奕揚，感覺到他渾身細微的顫動，好像笑得很開心，卻沒有笑聲，「但是，我告訴你那些往事，不是想要你憐憫我……那會讓我覺得自己非常可悲。」

邵恭青的鼻尖泛紅，眼尾也染紅，因為靠得太近，他甚至可以看見邵恭青起伏顫動的眼睫。邵恭青在拚命忍著哭。

俞奕揚沒有接話，只是將水龍頭偏移了些，擠了些洗手乳，握著邵恭青沾著油汙與泡沫的手，在流動的溫水下搓洗。

邵恭青怔愣地看著俞奕揚抓著他的手，順著手背的骨節，指骨，關節，直至指尖，以指腹慢慢畫著一圈又一圈的圓。洗手乳細緻的泡沫，遍布手的每一處，隨著流動的細水，帶走了髒汙。邵恭青怔愣看著，覺得有些說不清的心情，也跟著泡沫流走了。

「你該多吃點。」俞奕揚突然飛來的一句，令邵恭青不由得側過臉看向他，「你讓我不知道該從何下手。」

邵恭青莫名其妙地咀嚼俞奕揚的語意，雙頰一點一點染紅。

「其實……沒有關係。」邵恭青悄悄說。

等到兩人再次回到廚房，已是一個多小時後。

6.

「他果然無法離婚。所以，我才一開始就勸你，不要陷進去。」柳之東重重嘆著氣。

「他本來已經跟我走了。」

柳之東愣了下，驚呼：「他真的願意拋下家庭，選擇跟你走？」

收到邵恭青的分手簡訊後，俞奕揚一連數天，幾乎完全無法入睡。原本俞奕揚無意讓柳之東知道他和邵恭青之事，但是，迫於無法解決的失眠，只好向柳之東求助。

即使柳之東是他認識多年，非常信任的朋友，但是沒有徵得雙方當事人同意，俞奕揚仍不曾將邵恭青與褚意玫的婚姻實情告訴柳之東。

俞奕揚隨意轉著手上的酒杯，無語盯著杯子中搖盪的紅酒。

桌上的精油擴香機，是柳之東帶來的。擴香機不時向空中噴灑霧化的安息香精油。客廳裡充盈著安息香獨特的甜甜香氣，但是，卻驅不散心底的苦澀。

「雖然愛情很重要，但是，他的兒子不是今年才六歲。孩子還這麼小，就拋下孩子……這得多狠心才辦得到？」

即使不想多解釋，但是，俞奕揚聞言，不由得皺緊眉，「他沒有打算拋棄他的孩子。」

柳之東瞟了俞奕揚一眼。

看來情況不同於過往總是不歡而散的結局。

「雖然有難度，但是夫妻離婚後，不想斬斷父子情誼，確實不是完全不可能的事。」柳之東停頓了下，想了想，一頭霧水地問：「既然這樣，他為什麼突然改變心意，決定放棄你？」

俞奕揚沒有接話，只是悶悶地喝著酒。

那日，他當著邵恭青的面，和褚意玫劇烈爭執後，邵恭青雖然跟著他離開，但是，他心裡一直存在著抹不去的憂慮——邵恭青最後還是會為了孩子，放棄離婚。

雖然邵以倫跟邵恭青沒有血緣關係，但是，他心裡知道，邵恭青是真的把邵以倫當成親生兒子看待。

邵恭青和褚意玫攤牌後，雖然每晚都在他的屋子裡過夜，卻總在天色濛亮，就急急忙忙趕回去，若無其事為兒子準備早餐。這更是證明了他心中的推論。

他想阻止邵恭青每日兩地奔走，但是，一想到這是要邵恭青放棄在邵以倫面前維持，什麼都沒有改變的假象，他就開不了口。

讓成人的感情風波波及孩子，他辦不到。

更何況，他也是真的喜歡邵以倫這個孩子。

他和邵恭青交往後，礙於兩人的戀情不能讓他人知曉，邵恭青又有孩子要照顧，沒什麼機會能在外過夜，兩人同床共枕的夜晚很少。兩人雖在辦公室朝夕相見，為了避免讓人察覺異狀，也只能以主管與部屬的姿態相對。柳之東聽說時，直呼真是折騰人，他卻不覺得難熬。

他雖然和大部分人相同，也喜歡與情人親近，卻不覺得非得時常與情人抱成團，才是情深。

但是，邵恭青兩地跑的那些夜晚，他明明想著要體諒邵恭青的為難，卻夜夜拖著邵恭青與他在床上廝纏，恨不得能和成團。

邵恭青不喜歡裸露身體在他人的視線裡。赤身裸體曾作為羞辱的手段，在邵恭青的生命中留下太過深刻的傷痕，即使裸裎相對的是情人，邵恭青依舊侷促。他不想勉強邵恭青，兩人總在昏暗的房裡行事。

入春以後，連綿的陰雨將整座城市都浸在水裡，不只草木滋長，連醫院診所裡的病患，也大為增長。

邵恭青自公司返家後，先帶著感染了急性腸胃炎的邵以倫去掛急診，回家後，又看顧著孩子等到褚意玫返家接手，才放心洗漱。

等到邵恭青終於到了他的屋裡時，已是凌晨一點多。

他從十一點左右，就坐在沙發上枯等，等得不知不覺入睡，直到門鎖開啟的聲音，將他喚醒。

邵恭青匆匆走近，急著解釋自己為何晚至，「抱歉，倫倫突然拉肚子又發燒，我帶他去掛急診……」

他沒等邵恭青將話說完，猛然握住邵恭青的手，扯得邵恭青重心不穩地撲向他，他摟著邵恭青的腰，將邵恭青放倒在椅上，吻上邵恭青的唇。

邵恭青愣了愣，旋即環住他的頸項，在唇舌糾纏的熱吻中失神，直到他解了邵恭青的腰扣，開始脫邵恭青的褲子，邵恭青才猛然回神。

邵恭青匆匆握住他的手，小聲地說：「我們進房去吧？」

若是此前，他必然不會拒絕。

但是，此刻，他卻覺得這個要求，帶著錐心的諷刺，像是在提醒他——他在邵恭青的生活裡，終究是見不得光的存在。

明明邵恭青正在他的眼前，正在他的懷裡，他卻覺得兩人之間有著難以跨越的遙遠距離。他突然感到一陣難以言喻的惶然。

「我想好好看著你。」他嘎聲低語。

羞赧的紅色，在邵恭青的臉頰上一瞬間擴散，更攀上了他的眼眶。邵恭青一雙黑色的眼眸，濕漉漉的水光搖漾，看起來眼淚隨時可能奪眶而下。

他頓時感到後悔。

他不該讓自己的不安，變成傷害情人的利刃。

他還在想能說些什麼，化解眼下的僵局，邵恭青卻默默開始解衣扣。

他趕緊捉住邵恭青的手，急著解釋：「我沒有要懲罰你的意思，也不是責怪你……」

「我知道。」邵恭青以著蚊鳴般的聲音說話，雖然低垂著視線，窘迫得幾乎咬到自己的舌頭，卻還是堅持把話說完，「你可以不用總是配合我，我不想要你因為愛我，而將自己變得如此卑微。而且，」話說了過半，刺燙臉頰的羞赧漸趨鎮定，邵恭青以掌心貼著俞奕揚的臉頰，水光濕潤的雙眼，泛著柔軟而溫暖的光，直透進俞奕揚的心底，「其實，我也想……看見你。」

他突然有股想流淚的衝動。

他雖然知道邵恭青中學時的遭遇，卻不知賈義哲等人是如何強行剝除邵恭青的衣服。他不想探究細節，那像是強迫邵恭青在回憶裡，再重新經歷一次羞辱。頭頂的燈光，雖然昏黃，卻依舊太過亮眼，令人心驚。他小心翼翼慢慢解開邵恭青的衣扣，盡力迴避勾起邵恭青不快聯想的可能。

終於褪下邵恭青的上衣時，他不由得輕吁了口氣。

「你還好嗎？」

邵恭青沒有回答，只是抬手撫摸他的額頭，以指尖撥開黏附的髮絲。他才發現自己不自覺出了層細汗。雖然邵恭青相當清瘦，但是纖細潔白的手指，筆直而細緻，如一枝枝形狀姣好的玉筍。他每次瞧見，總忍不住多看一眼。

邵恭青的指尖，自他的額頭，慢慢滑過鋒利的眉尾，滑過微微濕潤的眼角，滑過稜角分明的臉側，順著頸項而下，在鎖骨上徘徊摩挲。

兩人雖已有數次纏綿，邵恭青卻甚少主動觸摸他。

邵恭青的力道極輕，隱隱有幾分憐惜的意味，從來沒有情人如此撫摸過他。他感到新奇，同時有些感動。

身上極輕的撫摸，撩起一陣陣細微電流刺麻的癢。他不由得呼吸急促，幾乎想要奪回身體的掌控權，但是邵恭青的眼神卻讓他硬生生忍下。邵恭青盯著他的雙眼，眼神專注而灼熱，近乎癡迷。他第一次在邵恭青的臉上看到這樣的表情。邵恭青的眼裡只有他，再也容不下其他，短暫地掃去了在他心底隱隱作痛的不安——他始終無法抹去邵恭青會為了孩子，而選擇離開他的憂慮。

邵恭青撫摸著他的胸口，指尖滑過緊繃的腰腹，順著腹肌的凹凸游走。他不由得想起第一次撫摸邵恭青身體時的情景。房裡近乎無光，他無法瞧清邵恭青，平日相當倚仗的雙眼遭到遮蔽，令其他感官頓時開了竅，變得分外靈敏。他清楚感覺到指下沁著細汗的肌膚，柔膩得像是吐息的熱度就能融化的奶油。

他屏著呼吸，任邵恭青摸索著解開他的腰扣，滑進他的腿間。他終於忍不住重重吻上邵恭青的唇。

剛入春的夜晚，細雨綿綿不絕，關上門窗，仍覺得涼，但是濕氣充斥在屋裡，稍有激烈的活動，仍能窒得人沁出一身的細汗，像是浸在水裡。

薄霧般的汗水，自邵恭青全身千萬個毛孔蒸出，倒映著客廳暖黃色的燈光，在白皙的肌膚覆上一層淡金色的光澤，本就相當扎眼的白，更是白得晃眼。他一吋吋細細吻去，彷彿面對的是豆腐製成，一捏即碎的藝術品。他埋首在邵恭青的胸前，以唇齒反覆吮吻，炙熱的吐息，幾乎點燃邵恭青，令光潔白皙的肌膚，染上一層夕陽的酡紅。

他握住邵恭青細瘦的腳踝，曲折雙腿，露出谷壑間的隱祕處，深深楔入甬道，將邵恭青一起捲進驟然激起的大浪中。他與邵恭青像是生在深海中的琵琶魚，雖然有尋找愛情的本能，卻生來欠缺能辨別方向的眼睛，耗費了無數時光，才終於在茫茫大海中尋得靈魂的伴侶。為了一生不離，他們肢體緊緊相纏，顛簸而劇烈地搖蕩，也無法令他們分散，紊亂的心跳幾乎融而為一。

邵恭青眼神迷離，讓高漲的情慾灌醉，喘息著重複夢囈般的低吟。他反覆吻著邵恭青的唇，吞嚥喘息，從彼此的口中交換賴以維生的空氣，分不清濡濕唇舌的，究竟是誰的唾沫。

「恭青、恭青……」隨著一次次急促地穿刺，他一再嘶聲喊著邵恭青的名字，彷彿想藉此將自己深深紮入邵恭青的血肉，在靈魂的深處紮根，讓邵恭青永遠捨不得他。

邵恭青的身影，在他的眼裡，潮水漲退般，一次次推近，又一次次遠去，最終平復，只留下心底仍然未停止的漣漪。

他帶著累得睜不開眼的邵恭青進了主臥室，回到床上躺下。雖然身體覺得疲倦，但是，他卻遲遲沒有睡意。

一直到邵恭青已經在他的身畔沉沉睡去，他又就著床頭燈，盯著邵恭青看了良久，終於熄了燈。

那夜襲上的惶然，像是一種預兆。

十多天後，邵恭青說是褚意玫有事找他一談，所以提早下班返家。當晚，邵恭青沒有再來找他。他傳了數則簡訊給邵恭青詢問狀況，邵恭青沒有任何解釋，只給了他一則令他讀了憂慮不已的分手簡訊。

他相信邵恭青做下這個決定，必然有不得不為的理由。收到簡訊後，他又著急又擔心，拚命打電話給邵恭青。但是，邵恭青一通電話都沒有接聽。

他不知道邵恭青究竟發生了什麼事，不知道褚意玫做了什麼，才能讓本已決定跟他走的邵恭青，突然改變了主意。他想衝去邵恭青的住處找他，卻又怕褚意玫不放手，他也不放手，他們兩人一左一右強力拉扯，最終造成了後悔莫及的傷害。

他耐著性子等著邵恭青給他一個解釋，但是邵恭青卻一直緘默，只給了他一張申請調職通知書。

他簽了通知書，更索性請了幾天假，避開最後見面的可能。他不知道若是在辦公室中見了面，他會不會忍不住打破自己公私分明的原則，在眾目睽睽下，不顧一切抓住邵恭青，不讓邵恭青離去。

邵恭青調到人事部後，雖然只是分屬不同部門，卻再也沒有交集。

兩人分手後，邵恭青曾為了公務，到過創意部。

即使邵恭青不想引人注目，姚艾沛響亮的大喊，仍是讓他一下子成了人群注目焦點，「恭青，好久不見啦！我總覺得我好像半年沒見過你了，我真是超級想你的啊！」

「恭青調去人事部才不到十天，妳太誇張了吧！」袁書帆說。

「哎呦！裝什麼高貴冷靜，你明明也很想念恭青！前天晚上加班時，還說要是恭青有在……」

俞奕揚微微打開辦公室的門，不著痕跡地向外看。

創意部的幾個職員，熱情地圍繞著邵恭青，一人一句喋喋不休。

「總監也有在，你去跟他打個招呼吧？」姚艾沛搭著邵恭青的肩，將邵恭青轉了個方向，面向他的辦公室。

邵恭青低垂著視線，悄聲說：「總監應該在忙，下次吧。」邵恭青說著又趕緊補了句，「而且希江哥還在等我的文件，我得趕緊下樓了。」

他看著邵恭青蒼白至隱隱泛青的臉色，與浮在臉上的強笑，心裡明明惱怒得幾乎全身都要著火了，卻只能故作冷淡。

「我以為介入他的生活，能帶他脫離痛苦。」俞奕揚低眸無聲笑了笑，自嘲地說：

「是我把事情想得太簡單了。」

「人不自救，誰也幫不了。」柳之東拍了拍俞奕揚的肩頭，「就當是做了一場令人心碎的夢，夢既然結束了，就不要再耽溺在夢中。」

俞奕揚沒有吭聲。

他知道柳之東說的是對的。夢已經結束了，在邵恭青不願意跟他說半句，堅持離去時，就結束了。

但是，他卻無法放棄邵恭青。

7.

本以為時間一天天過去，他終究會釋然。但是，今晚在公司門口，瞥見邵恭青在他走出大門之際，往一旁躲避的身影，他雖然極力想忽視，卻仍是感到心口隱隱作痛。

俞奕揚婉拒了大樓保全的好意，刻意淋了幾分鐘的雨，想讓自己清醒點，卻仍是在關上車門後，感到耗盡心力的疲倦。

他想伸長手，不顧一切地緊緊抓住邵恭青，卻怕邵恭青讓他捏碎；他想等邵恭青主動來找他，給他個解釋，但是，邵恭青明明也為分手而痛苦至極，卻仍不願走近他。

在車裡獨自坐了半晌，俞奕揚才打起精神，發動車子，驅車返家。

梳洗後，俞奕揚將手機隨意擱在床邊櫃上，躺臥在床上，側過臉，看著邵恭青曾經睡過的位置。

過去，每結束一段戀情，他總是將床墊、枕被全部丟棄。

柳之東一直以為他丟棄一切，是因為他的潔癖。情人對愛情的不貞，是對信任的玷汙，所以他才丟棄遭到汙染的物品。

其實他丟棄一切，不是因為嫌棄他們不潔，只為了徹底清除情人留下的痕跡，不允許自己懷念不該留戀的人。

但是，邵恭青和他分手後，他卻捨不得。

也許明天他應該先丟枕頭，後天再丟被子……一天強逼著自己丟一件，總有一天，能將所有的留戀，徹底丟出心底。

手機鈴聲大作，令俞奕揚猛然驚醒，才發現自己不知何時入睡。

看了眼睡夢中不自覺摟進懷裡的枕頭，俞奕揚在心底嘆了口氣，先放下枕頭，才伸長手去抓手機。

來電顯示的名字，令他一下子清醒了過來。

他匆匆接聽，但是，手機裡卻傳出意料之外的聲音。

「恭青……對你而言，還是重要的人嗎？」

褚意玫語氣顫抖的問話，像是一記突然敲響的喪鐘，令他幾乎在一瞬間停止心跳。

他聽見自己嘶聲大吼著追問：「他怎麼了？發生了什麼事？」

「恭青不是真的想和你分手，他只是因為倫倫，因為、因為一旦我們離婚，倫倫的監護權，就得回歸他的生父。我和恭青怎麼可能將孩子交給那個男人！他們的日子變得怎麼樣，跟我有什麼關係，憑什麼跟我搶倫倫！當年他想殺死這個孩子，他自己都忘了嗎？恭青和我想不到其他辦法，他只好放棄離婚……對不起……這一切都是我的錯……」

褚意玫像是憋了一口氣，好不容易終於能吐出，以著近乎歇斯底里的語氣，拚命說著。

褚意玫的聲音劇烈顫抖著，又一口氣說了一大串的話，話中充斥著俞奕揚不知頭尾的訊息，又夾雜著褚意玫氣憤的咒罵。雖然俞奕揚幾乎聽不懂她到底在說什麼，但是，勉強捕捉到的幾個詞，仍是讓他很快地推測了可能的情況。

雖然邵恭青應該發生了什麼意外，但是，從褚意玫還想替邵恭青挽回他，可以推測——邵恭青應該沒有立即的生命危險。這麼一想，俞奕揚頓時感到方才接到電話時，一瞬間揪到喉口的心，放鬆了許多。

「妳先別再說了，冷靜點。你們現在在哪裡？」

俞奕揚盡力維持冷靜，匆匆趕到褚意玫說的醫院，跟著褚意玫一起守在手術室外。

雖然胃潰瘍不是不能治療的絕症，但是，大量出血卻仍存在著休克致死的風險。

等候手術的時候，不僅褚意玫拚命胡思亂想以轉移注意力，俞奕揚也藉著仔細思索著褚意玫方才電話裡的話，藉著梳理思緒，強令自己脫離「恭青可能會在手術中死去」的恐懼。

褚意玫提到了倫倫的生父，還有監護權與離婚……

他拼湊著褚意玫的話，聽起來像是為了不讓孩子回到生父身邊，所以恭青不能和褚意玫離婚。

即使邵恭青一個字也不說，以俞奕揚對邵恭青的瞭解，俞奕揚依然不難推測邵恭青的想法。

邵恭青若是將倫倫的生父出現，與他們爭搶監護權的事告訴他，即使邵恭青不開口挽留，他斷然不會拋下為了保護孩子，只能放棄愛情的邵恭青。如此，他將永遠是見不得光的婚姻第三者。這個結果，不是邵恭青想要的。

邵恭青眼裡的自己，雖然卑微，但是，他從來沒有想過要用自己的不幸，去換取些什麼，哪怕是藉此留住心儀之人，更不願心儀之人為了自己，委曲求全。

不同於他曾交往過的情人們，將自卑作為合理化一切要求的理由，兩人交往的幾個月裡，邵恭青從來不曾將軟弱當成情感勒索的武器。

邵恭青要的是彼此扶持的愛情，不是憐憫，也不是情感的施捨。即使為此，必須在已傷痕累累的心，再劃上更深的刀痕，痛得令他幾乎失去活著的力氣，也不放棄。

「你為什麼想跟我交往？」

兩人交往以後，他曾經問過邵恭青這個問題。他的前任情人們都問過他，卻不曾有人將他的回答當真。

也許是他的回答，其中有什麼差錯，只是他不自覺。

「你是第一個正眼看我，認真對待我的傷口的人，而且……我很喜歡你……工作時，看起來很有熱情、神采飛揚的樣子，好像不管什麼困難，都能解決。」邵恭青越說越小聲，羞窘的霞紅，染透了他的雙頰、耳廓，甚至連頸項都泛紅，他幾乎快被自己的體溫煮熟，「我也想要為你做些什麼，想要跟你一起……好好過生活。」

邵恭青當時的回答，在他心裡激起的漣漪，久久不能平復。

不只是他傾盡全力想保護邵恭青，邵恭青也以同樣的心情對待他。

盯著手術室緊閉的門，俞奕揚雙手緊緊交握，在心裡喃喃：

「恭青，不管前面的路是什麼，我們都一起走下去。你一定要醒過來，我等你。」

02

番外 微光

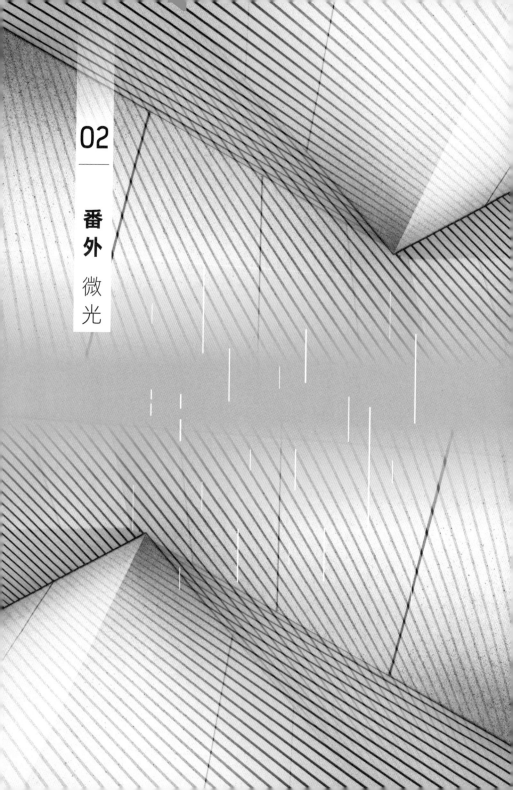

天色才濛亮，邵恭青已醒了過來。

入冬以後，天氣漸漸寒涼。氣密窗雖然阻絕了北風鑽入，但是室內溫度依舊不高。

邵恭青悄悄掀起被子，輕手輕腳下了床，換上居家服，還沒來得及看向穿衣鏡，已有人先一步替他拉整身上的衣服，又拿了件針織外套披至他的肩上。

「抱歉，吵醒你了……」

俞奕揚低低一笑，打斷邵恭青的道歉，「沒有，我本來就打算醒了，再不到一個小時，倫倫應該也要來了，而且我跟奕新約在八點，他應該七點多就會到了。」

今天是邵以倫的生日，藉著給邵以倫慶生的機會，褚意玫和俞奕揚各自邀請了熟識且信任的親友來家中做客。

「那我趕緊去廚房準備。」

「別緊張，奕新一向起得早，他不會餓著肚子來的。」俞奕揚伸手繞過邵恭青的腰，替他繫上外套的帶子，「我一會兒去廚房找你。」

「好。」

目送邵恭青走出房間，俞奕揚剛換下身上的睡袍，忽然聽見手機震動的聲響。

俞奕揚走向床邊，拿起櫃子上的手機。

「我買了要送給孩子的禮物，需要幫忙帶什麼過去嗎？我把貝貝帶去方便嗎？」

是俞奕新傳來的訊息。貝貝是俞奕新養了兩年的柴犬，從一對分手的情侶手中領養來的。

「帶胃來吃飯就好。貝貝如果不怕孩子，可以帶牠來沒關係。」

「好。」

俞奕揚讀了訊息後，正想放下手機，手機忽然又震動。

「早安！」

看見訊息發送人的名字，俞奕揚匆匆回覆：「你何時這麼早起了？」

「今天。」柳之東回應了俞奕揚的調侃，才傳來他真正想說的話：「可以讓我帶我的兩個侄子一起去嗎？我哥剛剛突然打電話給我，想把兒子們塞給我，要跟嫂子去約會。」

「看好你的侄子，不然你的位子就是貝貝的了。」

「收到。我的侄子跟我頑劣的大哥一點都不像，儘管放心。」

俞奕揚看著訊息，微微一笑，惦記著弟弟再不久就要到了，忍住回覆吐槽的念頭，放下手機，先到浴室裡去梳洗。

俞奕揚走向餐廳，緊鄰著廚房的吧檯桌上，已擺上了數碗炒熟的甜椒、花椰菜、蘑菇等蔬菜做成的熱沙拉。俞奕揚將折疊的桌子拉出，以卡榫固定，將餐具一一擺放妥當，才推開廚房的拉門。

流理檯上放著剛從烤箱裡取出的兩盤焗烤飯，邵恭青正忙著在砧板上切著準備丟入滾沸的湯鍋裡的肉片。

「剛才之東傳訊息給我，說要帶他的兩個侄子一起來。」

因為想趁著慶生聚會，讓關心他們的親友看見他們實際生活的情況，所以雖然是替邵以倫慶生，卻無法邀請邵以倫的幼稚園同學來做客。邵恭青雖然知道即使沒有其他孩子，邵以倫依舊可以玩得很開心，卻不免有些擔心，孩子會不會想要同齡的朋友作伴。

邵恭青一面看著湯，一面分神問道：「所以倫倫有玩伴了？」

「嗯。之東的兩個侄子，一個今年六歲，一個四歲。」

「年紀很近，太好了！」

「有什麼我可以幫忙的嗎？」

邵恭青指著不遠處掛著的大湯鍋，「你幫我煮鍋水，準備煮義大利麵。」

「嗯。」

兩人在廚房分工合作忙了半個多小時，終於完成了六人份的海鮮義大利麵，爐子上的蕃茄牛肉湯也已燉熟。

門鈴乍然大作，同時一陣響亮的狗叫聲。

「應該是奕新來了。」

邵恭青趕緊幫著俞奕揚脫下身上的圍裙，「我再煎幾塊肉排就好，你招呼他，不用再進廚房了。」

「好。」

俞奕揚攬著邵恭青的腰，低頭附耳道：「需要人手隨時叫我，我弟也可以來幫忙。」

俞奕揚打開大門，入眼的是正抱著狗的俞奕新，還有意外早到的柳之東。

柳之東一手牽著一個孩子，正忙著應付侄子們的「為什麼」攻擊。

柳之東的大侄子指著俞奕新抱在懷裡的狗，問：「叔叔，為什麼那隻狗狗是白色的？」

「因為牠是白色的柴犬。」

柳之東剛答了句，小侄子馬上從哥哥的手上接棒，立刻發問：「柴犬不是都是棕色的嗎？」

「柴犬不只有棕色的，還有黑的跟白的。」

「我們家的花子也會變成白色的嗎？」

「花子是狗，不是變色龍，牠不會變色。」

「變色龍是什麼？」

「我知道，是蜥蜴！」

俞奕揚在旁邊聽著柳之東讓兩個孩子的輪流提問搞得焦頭爛額，和抱著狗，一臉冷靜地置身事外的俞奕新互看了眼。

「你們先進屋，倫倫跟意玫他們要再一會兒才會到。」

俞奕新微微一笑，「打擾了。」語罷，抱著狗跟著俞奕揚走進客廳，留下柳之東繼續跟兩個侄子奮戰。

「你們兩個沒良心的兄弟，也不解救我一下！」柳之東哀號。

「快進屋裡，別一早就在門外大呼小叫。」俞奕揚的語氣充滿毫不掩飾的嫌棄。

俞奕新沒有理會背後的嘈雜聲，彎身將狗放下後，逕自走進廚房，看向正在流理檯前忙碌的邵恭青。

「早。」

邵恭青聽見俞奕新的聲音，連忙回頭，「早！」

俞奕新雖然和俞奕揚同樣身材修長，但是兩兄弟氣質迥異，不同於面色清冷的俞奕揚，俞奕新眉眼溫和，戴著副深藍色的細框眼鏡，一身的書卷氣。

這是邵恭青第二次見到俞奕新。雖然上次和俞奕揚兄弟一起吃飯時，俞奕新不時面露微笑，看起來不是難以親近的人，但是，邵恭青卻仍是無法輕鬆自在地面對他。

邵恭青雖然有一個弟弟和一個妹妹，但是因為從小，父親就常當著弟妹的面狠狠責打他，再加上邵恭青性格比較軟弱，弟弟和妹妹受到父親的影響，心裡也看不起自己的哥哥，手足關係疏遠。邵恭青和俞奕揚交往後，每次聽見俞奕揚提起感情甚篤的弟弟，心裡雖然羨慕，也想如俞奕揚所言，將俞奕新當成自己的弟弟看待，卻因為缺乏手足相處的經驗，不知道該如何對待俞奕新。

邵恭青雖然很想跟俞奕新聊幾句，但是，卻找不到話。

俞奕新在邵恭青的臉上讀到了不知所措的侷促，遂找了個話題開口，「方便借我個鍋子嗎？我想煮些吃的給貝貝。」

邵恭青暗自鬆了口氣，「湯已經熟了，我把湯鍋先端到一邊放。」邵恭青將俞奕揚的圍裙遞給俞奕新，而後走到冰箱前，打開冰箱門，「貝貝吃什麼？」

「有雞肉嗎？」

「有雞腿和雞胸肉。」

「麻煩給我雞胸肉。」

俞奕新接過保鮮盒，打開盒蓋，拿了片肉，打開櫃子門，拿出刀子，就著邵恭青稍早切豬肉的砧板，切起了雞肉。

邵恭青回到鍋子前，繼續煎著肉排，卻聽見俞奕新低聲說：「我哥有很嚴重的潔癖，跟他生活在一起，還習慣嗎？」

「嗯。」邵恭青應了聲，驚覺自己把話題打住了，連忙補述：「我很喜歡做家事，所以即使沒有和他生活在一起，也還是很常在洗刷。」

俞奕新突然悶笑了聲，令邵恭青愣了愣。

他說錯什麼了嗎？

「我爸去世之後，我媽有半年都在不同的宮廟間跑來跑去，幾乎忘了她自己是誰。後來，她雖然不再跑宮廟，卻開始拚命參加社區的活動，大部分時候，仍舊不在家。我哥自己在國外念書，雖然課業繁重，壓力也大，卻還是常常跟我聯絡，一有假期，就趕緊回臺灣。我考上大學，要搬進學校宿舍，是我哥幫我收拾行李，還陪著我到學校。雖然他是我的哥哥，卻更像是我爸和我媽。」俞奕新拿了個鍋子放至爐上，倒進了些冷水，打開爐火，「我哥很少跟我說起他的情人，即使是分手了，心情不好，也不告訴我。」

「他應該是不想讓你擔心。」

俞奕新朝邵恭青微微一笑，「我知道，所以我只好問之東哥。」俞奕新嘆了口氣，臉上有些無奈，「不過他告訴我的，總是跟事實有一點距離。」

邵恭青一時不知道該如何接話，「呃？」

「之東哥特別擅長胡說八道，他不想說的話，他不會說他不想說，就是喜歡編個說法糊弄人。我以前不知道他喜歡惡作劇，讓他捉弄過不只一次。」俞奕新指著客廳裡，正在被侄子糾纏中的柳之東，搖了搖手指，「你跟他說話時也留心點，別把他所有的話都當真。」

邵恭青先是一愣，旋即會意微笑，「我會記住你的話。」

「我爸生前跟我們的感情很好，我哥的性格有點孤僻，朋友不多，家人對他而言非常重要。我爸去世之後，雖然我哥不說，但是，我知道他其實很寂寞。只是，我們平常都忙，而且又不想干擾對方的生活，所以難得有時間相聚……我很高興他能找到可以陪伴在他身邊的家人。」

「其實，是他照顧……」

邵恭青的話尚未說完，柳之東冷不防自俞奕新背後冒出，一手環住俞奕新的頸項，故意一臉陰惻惻地說：「你們在偷偷說什麼？我覺得我的背有點涼。」

邵恭青驚訝地看著不知何時跑進廚房的柳之東，「你的侄子不纏著你了？」

「謝謝你的關心，我暫時擺脫他們了。這個屋子裡還是有人有良心的，真是太令人感動了！」柳之東作勢抹了把眼淚。

「一定是把孩子甩鍋給我哥了。」

邵恭青下意識看了眼客廳，果然見到兩個孩子正圍著坐在沙發椅上的俞奕揚說個不停，柴犬則乖巧地蹲在一旁。

俞奕新拿食指戳了戳柳之東的手臂，「在我揍你前，鬆手。」

「你很小氣耶，你哥借我攀著都不要緊。」

「他只是把你當成沙袋，懶得理你。」

「明明就是我長得人見人愛。」柳之東將話鋒轉向邵恭青，「恭青，你說對不對？」

突然被點到名，邵恭青愣了下，「呃？」

「他無言了。」俞奕新馬上下註解。

「你不要曲解他的意思，偶……唔……」

柳之東未完的話，在俞奕揚握住他的臉頰，左右一扯，瞬間中斷。

「意玫傳來訊息，說她妹到樓下了，她們等等一起過來。閒雜人等先離開廚房。」俞奕揚環住柳之東的肩頭，強迫柳之東轉過身，跟著他一起往客廳走。

「哎、哎，有話好好說，何必拖著我走？」

「你先聽得懂人話再說。」

「這話也太狠了吧？」

俞奕新朝邵恭青擠了擠眼使眼色，衝著客廳，笑著喊道：「我哥只是說實話。」

「你們兄弟老是聯手欺負我。」柳之東大聲抗議，再次將問題丟到邵恭青身上，「恭青，你說這兩兄弟是不是超過分？」

一瞬間變成了眾人焦點。

邵恭青看了看身畔滿臉笑容的俞奕新，再看向望著廚房的俞奕揚，在柳之東萬分期待的注視下，豁出去地說：「我覺得……奕揚說的都是對的。」

俞奕揚豎起拇指，給了邵恭青一個讚賞的眼神。

「哈哈哈……」笑得非常痛快的俞奕新。

「我要離開這個沒有人性的鬼地方！」柳之東一臉悲憤。

一頓飯，眾人邊吃邊閒聊，吃了三個多小時才結束。

邵恭青收拾桌面，將餐具交給在廚房裡的俞家兄弟清洗。

褚意玫回屋裡拿了蛋糕，放至餐桌上，褚意茜取下蛋糕的蓋子，柳之東則負責往蛋糕上插蠟燭。

藝術蛋糕上，裝飾著許多杯口大的糖花。柳之東在幾乎徹底遮住蛋糕表面的花朵間，努力找縫隙插蠟燭，好不容易插了十枝，忍不住抱怨：「明明你們的兒子今年才六歲，這一堆蠟燭是怎麼一回事？」

邵恭青將湯碗遞給俞奕揚，「那是意玫的意思。」

柳之東看了眼坐在對面，正朝他微笑的褚意玫，感覺背上的汗毛全站了起來，立刻見風轉舵，「呃，我的意思是說……這蠟燭有一點多，切蛋糕時要小心點。」

褚意茜在一旁放蛋糕的盤子，聽見柳之東語氣瞬間軟弱的話，連忙咬著嘴唇忍笑。

「孩子的生日，不就是母難日嗎？所以，我一向讓店家準備一枝符合倫倫年齡的蠟燭，然後，另外準備與我的歲數相符的蠟燭。」褚意玫拿起仍放在袋中的蠟燭，也加入插蠟燭的行列，「我的骨盆天生比較小，醫生告訴我，我有比較高的機率難產，建議我剖腹。雖然日子已經選好了，但是倫倫沒有等到指定的日子，就出生了。」

雖已事隔六年，但是褚意玫仍記得當年的情況。

當時，兩人雖已登記結婚，但是，由於雙方父母對於子女未婚懷孕這件事都相當憤怒，不願意對兩人提供任何經濟上的援助。褚意玫當時尚在就讀研究所，邵恭青礙於兵役，不能立刻休學，還是得付學費，臨時找工作，又找不到待遇好的工作。兩人收入都低，為了省錢，邵恭青乾脆退掉原本租的房子，搬進褚意玫租住的套房，在她的床邊打地鋪，順道就近照顧她。

褚意玫睡夢中讓突然的劇痛驚醒，扶著肚子摸黑倉促下床，不慎踩中了邵恭青的腳，將邵恭青嚇醒。邵恭青趕緊打電話叫救護車，而後匆匆收拾些事先準備的物品，跟著到了醫院。

褚意玫到醫院後，在產房奮鬥了一整夜，才終於把孩子生出來。

「恭青到醫院後，就一直在產房裡陪著我。孩子出生時，恭青哭得比我還慘，醫生說他第一次看到哭成這樣的爸爸。」回想著當時的情景，褚意玫雖然臉上仍掛著笑容，眼眶卻微微泛紅。

當年她發現感情受騙，成了他人婚姻的第三者時，一想到事情若是讓父母知道後的可能情況，她又慌張又害怕，幾乎以為自己眼前只剩下絕路。在她無法求助父母，不敢告訴還在念大學的妹妹，情人既欺騙她又拋棄她，使得她近乎孤立無援時，腹中尚未出生的孩子，反倒成了唯一陪伴在她身邊的人了。

或許正是這個緣故，才讓她在惶恐得失去冷靜思考的能力，根本無法考慮未來的情況下，堅持無論如何，都要保住她的孩子。

為了保住孩子，她的生活多了許多麻煩；卻也是因為孩子，讓她多了願意在困境中，不離不棄地陪著她走下去的家人。

即使未來，邵以倫年紀較長，可以在法庭上，為自己的監護權歸屬提出意見；她不需要再為了和孩子的生父搶監護權，必須和邵恭青維持婚姻關係，兩人可以離婚，各自與所愛組成新的家庭；但是，曾陪著她共患難的邵恭青，以及為了邵恭青，也為了她的孩子，甘心成為邵恭青地下情人的俞奕揚，都永遠是她的家人。

邵恭青紅著臉，困窘地傻笑，「我真的覺得很可怕……而且倫倫出生後，意玫只看了他一眼，就昏過去了，我以為她不行了……所以在產房大哭……」

俞奕揚依著兩人敘述的情景，似乎可以想見邵恭青當時驚慌無助的樣子，心裡覺得不捨，低聲說：「可惜當時我們還不認識。」

褚意茜誤解了俞奕揚的意思，熱心地說：「當時有錄影，是我跟朋友借的攝影機。我有備份，我們現在要看影片嗎？」

俞奕揚還沒來得及接話，褚意玫和邵恭青已搶先一步。

「妳待會兒就把手上的備份檔案銷毀，要是誰看到了，我就找妳算帳！」褚意玫殺氣橫溢地撂狠話。

「拜託不要讓別人看見。」邵恭青捂著臉呻吟。

褚意茜連忙舉起雙手作投降狀，「我用生命保證影片不會外流！」

一句話逗得全場的人都笑了。

褚意玫將手中最後一枝蠟燭插上，朝正在不遠處玩耍的邵以倫一招手，邵以倫立刻快步衝近她，讓她一把抱起，在她的腿上坐下，褚意玫將長頭打火機遞給邵恭青，讓邵恭青將蠟燭一一點上。

褚意玫低頭湊近邵以倫，「倫倫，你喜歡俞叔叔嗎？」

「喜歡！」邵以倫毫不猶豫地回答。

「我也喜歡俞叔叔。」柳之東的大侄子不甘寂寞插話，馬上讓柳之東捂住嘴。

「對不起，請繼續。」柳之東一臉尷尬。

褚意玫再次問：「從今往後，俞叔叔就跟爸爸和媽媽一樣，會一直是你的家人，好不好？」

邵以倫笑彎雙眼，再次毫不猶豫地回答：「好！」

柳之東靈光一閃，「我覺得可以讓倫倫認奕揚當乾爹。」

「這個主意不錯，之前怎麼沒想到。」褚意玫一臉感慨。

「擇日不如撞日，慶生結束後，就讓孩子認乾爹吧？」俞奕新提議。

「好啊！」眾人一致贊同。

邵以倫聽不懂背後眾人的議論，對著蛋糕等了半晌，還是沒有聽到下個指令，回過身，一臉期待地看向褚意玫，「我可以吹蠟燭了嗎？」

褚意茜彎身靠近邵以倫，伸手點了下邵以倫的鼻尖，「要先唱歌才可以吹蠟燭喔！」

「現在就是我們高歌一曲的時候了！」柳之東大聲宣布，話剛說完，他的大侄子再次脫稿演出。

「祝你生日快……唔……」再次捂嘴消音。

「小子，不要老是給你叔叔放砲啦！」柳之東哀號。

褚意玫笑了笑，拍了拍手，「大家一起唱吧！」

邵以倫見母親拍手，也跟著拍手，其他人紛紛加入，唱起了生日歌。

柳之東以手肘頂了下俞奕揚的手臂，悄聲說：「恭喜你今年多了個兒子。」

「不只多了個兒子，還有恭青，我的伴侶。」俞奕揚立刻修正柳之東的說法。

邵恭青在一旁聽見，握緊俞奕揚的手，兩人交換了個會心的微笑。

「每次都無預警放閃。」柳之東一臉哀怨地喃喃。

「羨慕的話，自己去找一個不就好了。」俞奕新說。

「可是我覺得單身是一種美學的堅持。」柳之東一臉認真。

柳之東的大侄子再次發問：「叔叔，單身是什麼？」

「拜託你饒了我吧！」

在眾人七嘴八舌閒聊間，邵恭青悄悄走進廚房，接手尚未收拾的碗盤。

將盤子放至水龍頭下，沖淨泡沫，邵恭青打開櫃子門，正想將盤子放到烘碗機裡，俞奕揚已先一步拿走了他手上的盤子。

邵恭青抬眸，和俞奕揚互看了眼，又低頭繼續洗碗，俞奕揚負責將他洗乾淨的碗盤，一一放至烘碗機裡。

「奕新住得很近，下次我們去拜訪他吧？」

「嗯。」

「奕新喜歡吃什麼？」

說起弟弟，平日話不算太多的俞奕揚，難得多話，「他不太挑食，只是因為常跟貝貝一起吃飯，所以口味很清淡……」

俞奕揚的低語，隨著細細的水流聲，一起流淌入耳。

邵恭青一面洗著碗，一面仔細聽著，不自覺勾起唇角微笑。

雖然他的愛不能攤開在眾人眼前，是他必須用雙手包覆，小心翼翼捧在掌間，不能讓他人瞧見的光，但是，掌心的微光，卻是他此生最美好的幸福。

後記

祈路之夏，祈路

《祈路之夏》是個不太浪漫的故事，是個採集了很多生活中的陰暗剪影的故事。為了讓閱讀的人能環景式地觀照主角置身的世界，我在字數有限的故事裡寫進了很多配角，也對這些配角有許多交代，希望藉此將主角與他置身的世界盡可能一起裝進小說裡，像是裝在一個小小的水晶球裡，讓閱讀的人在觀看它時，可以減少死角，更貼近主角的處境與心情。也因此故事中的愛情線只剩下不多的篇幅可以鋪敘，而且故事中大部分的情節，都在探討很嚴肅苦悶的事。

我一度曾經擔心過，這個故事會不會讓閱讀它的人難以接受。這個故事在發表過程中能得到許多人的喜歡，能夠得獎，甚至是出版，對我而言，都是相當美好的意外。非常感謝願意好好閱讀它，並且喜歡這個故事的人。如果這個故事曾帶給閱讀的每一位朋友一絲一毫的感動，都是我莫大的榮幸。

在這裡，想跟大家聊聊關於這個故事的一些事。

故事的起點

這個故事的最初構想，我在八年前已寫定，但是當時不僅同志婚姻不知何時會在臺灣通過，而我也尚未聽說過多元成家法案。

所以，故事最初的構想，最後，邵恭青是找不到可以走的路，就步上俞奕揚父親的後塵。

但是我不喜歡這個結局，所以完成人物設定，也簡略寫了故事情節的一些片段，就把它存起來，只寫完了另一個構思的時間相近，同樣以婚姻問題為故事重要情節的同人小說。

在思考要寫作哪個故事去參加ＢＬ徵文比賽時，我想起了這個故事，想起了大法官釋憲帶給同志婚姻的曙光，想起了幾年前，大家熱烈討論的多元成家法案。當時，我曾在私人臉書上，跟許多朋友聊過，我為什麼支持它的原因。

因為以上種種因素，這個原本沒有解套辦法的故事，終於有了喜劇結尾的可能，所以，我將故事從檔案夾裡翻出，重新整理脈絡，準備寫完這個故事。

故事牽涉的法律問題

開始寫作這個故事之前，我緊急找了法律系的親友們，詢問故事牽涉的法律問題，不僅意外確定了我原本對於婚姻法可能造成問題的猜想，也讓我驚訝於臺灣婚姻相關法律的「脫離人情」面。

我的法律系親友告訴我，臺灣法律的規定，「通姦罪是說有配偶之人和配偶之外的人發生合意性行為之通姦行為，而法律上所謂的性行為，是指發生性器結合，所以，肛交不是，口交不是。而且，基本上，通姦罪如果通姦者是男的，相姦人不能也是男的。」

換言之，邵恭青與俞奕揚的性關係，即使褚意玫抓姦在床，也是無法控告他們兩人通姦的。

在這裡，我們先不談通姦除罪化的問題（如果除罪化，那麼情況就又完全不同了），僅就現有的法律狀況加以討論。

由於臺灣現在的通姦罪，同性之間的合意性行為無法構成犯罪行為，所以，即使同志伴侶可以去登記結婚，但是如果現有的法律不修改，那麼婚姻的保障（在這裡請先無視你是否支持婚姻用刑法保障這件事），在同志婚姻上，就無法發揮效力。（一男一女的婚姻關係，其中一方出軌對象若為同性，也無法向發生婚外情的另一半要求任何賠償）。

這個法律問題，我相信有很多人是不知道的。

法律的問題，通常是遇上了，才知道它的問題所在。比如過去尚未修法前的繼承相關法條，造成了一些人在很年幼，一無所知的時候，就承接了來自上一代的龐大債務，而承接債務的人，甚至可能根本不曾見過原本的債務人。

我在同志婚姻的相關新聞討論下，看到有人樂觀地說：在釋憲之後，即使什麼也不做，只要等兩年過了，同志就可以結婚了。

對，可以結婚，但是同性戀配偶登記結婚，跟異性戀配偶登記結婚，使用現有的相同法律，得到的保障卻是不一樣的。

基於這一點，我認為現有的法律是必須修正的。

這是我希望在這個故事裡，告訴閱讀的朋友們的第一件事。

◇

除了通姦罪的問題之外，故事最後，造成褚意玫與邵恭青為了保住邵以倫，所以不能離婚的原因，我不知道閱讀的人是否看了覺得一頭霧水？

以下，直接引用朋友跟我解釋時給我的，臺灣涉及褚意玫帶子嫁給邵恭青，邵以倫的生父想與褚意玫爭子的相關民法，有以下兩條法律：

民法第1063條第1項規定：「妻之受胎，係在婚姻關係存續中者，推定其所生子女為婚生子女。」第2項規定：「前項推定，夫妻之一方或子女能證明子女非為婚生子女者，得提起否認之訴。」

〈認領〉

民法第1065條第1項規定：「非婚生子女」經生父認領者，視為婚生子女。

即認領有二個基本要件：

子女首先必須是「非婚生子女」，而且，認領的父親必須是「親生父親」。

換言之，若子女為他人之「婚生子女」，親生父親則無從主張認領。

由於邵以倫是在褚意玫與邵恭青婚姻關係存在的狀況下出生的孩子，所以，依據臺灣的法律規定，只要褚意玫和邵恭青的婚姻仍存在，除非褚意玫或邵恭青任何一方提起訴訟，或是未來邵以倫自己提起訴訟，不然邵以倫的生父是無法跟褚意玫搶孩子的。

綜上所述，如果想讓邵以倫的生父無法搶走孩子，褚意玫與邵恭青就無法離婚。

由於他們兩人為了孩子無法離婚，因此，邵恭青與俞奕揚在臺灣現有的法律規範下，就無法成為法律上的親屬。

這就是故事最初設定時，無法解決的悲劇。

即使同志可以結婚，也無助於解決他們的困境。

可是，就算在法律上不是配偶，但是在法律上是家人，對俞奕揚和邵恭青而言，仍然是非常重要的。

這也就是多元成家法案的重要意義。

■家是什麼？什麼是家人？

臺灣很多人都把血緣，視為是否是家人，視為親／不親，判別的最重要關鍵。不僅是對有無血緣的人有差別待遇，甚至同樣有血緣關係的子與女，也因為有「女兒出嫁後就是別人家的，外孫不是我們家人」這種想法，而有嚴重的差別待遇。

我不只一次聽到勸阻別人領養孩子的人，說：不是自己的骨肉，怎會親？好像只有有血緣關係的人，才是家人。（依照這個邏輯，沒有血緣關係的夫妻，不就是一輩子不親的二人組？）

到底什麼樣的人，才可以視為家人？什麼樣的人，才真正是自己的家人？這是我希望透過這個故事，讓閱讀的人想一想的問題。

在寫作故事時，我跟法律系的親友聊起故事的情節。親友說，覺得法律不適用現在的社會，是因為社會在變，所以法律應該要調整，才能更貼合人情。

我非常贊同。

但是，涉及社會刻板印象的認知，想改變，往往需面對很大的阻力。

我常常覺得，成人世界因為社會刻板印象的影響，很多人覺得難以理解，好像是天崩地裂的重大問題，在未受到社會刻板印象沾染前的孩童眼裡，其實不是大問題，甚至不構成問題。

猶記兒時玩耍時，我們整大群孩子，大家自動整隊，依據平日的關係好壞，一群人組成了沒有血緣的家庭，雖然沒有血緣，但是被稱為哥哥姊姊的孩子們，也認真照顧著弟弟妹妹們。

這也是故事最後，我選擇以邵以倫畫上句點的原因。

我不知道多元成家法案在臺灣何時能通過，我的有生之年能不能看到它通過，所以，我將法律與社會的刻板認知改變的期望，寄託在孩子的身上。

當然，我更希望有生之年，能看到多元成家法案通過。

我們這代人與上代人大不相同，小家庭、單身、雖婚而不生，都是造成我們這代人孤身終老機率大為提高的原因，我們這代人對於家人的認定，也必將迥異於上代人，特別是在年老以後，這件事更為重要。

我不只一次和單身，且沒有結婚打算的朋友們玩笑時說起，大家以後老了，就合買間房子一起生活，互相照顧吧！

也不只一位朋友，跟我這麼說。

這不是距離我們太遙遠的未來。

我一直很喜歡小說。

因為小說除了能反映現實，或是提供閱讀的娛樂之外，它還能幫助大家，建構迥異於現有生活的想像，然後，努力實現一個更為體貼人情的美好未來。

雖然我寫作並自費出版同人小說，已有十餘年，但是，《祈路之夏》是我的第一本商業誌，於我，仍有非比尋常的重要意義。

感謝在故事連載的過程中，曾經幫忙分享宣傳、留言表示支持的每一位朋友，以及在出版過程中，提供我許多幫助的鏡文學編輯湘薇、時報出版社編輯瓊苹，將故事主角與場景具象化的畫家詭太郎，以及為了讓這個故事能讓更多人看見，費了許多心力的鏡文學與時報出版社的許許多多工作人員，更感謝願意購買這本書支持它的朋友們。

如果閱讀後，有任何想法想回饋作者，歡迎到我的粉專、噗浪告訴我。知道有人喜歡我筆下的故事，是我持續寫下去的重要動力。也希望我寫作的其他故事，能得到大家的喜愛與支持。

但願不久的將來，有緣在下一本書裡，再次相見。

STORY系列20

祈路之夏

作者——七樂
封面插畫——詭太郎
主編——陳信宏
責任編輯——王瓊苹
責任企劃——曾俊凱
美術設計——Ancy PI
編輯顧問——李采洪
發行人——趙政岷
出版者——時報文化出版企業股份有限公司
一〇八〇三台北市和平西路三段二四〇號三樓
發行專線——(〇二)二三〇六—六八四二
讀者服務專線——〇八〇〇—二三一—七〇五
(〇二)二三〇四—七一〇三
讀者服務傳真——(〇二)二三〇四—六八五八
郵撥——一九三四四七二四時報文化出版公司
信箱——台北郵政七九～九九信箱
時報悅讀網——http://www.readingtimes.com.tw
讀者服務信箱——newlife@readingtimes.com.tw
時報愛讀者粉絲團——http://www.facebook.com/readingtimes.2
法律顧問——理律法律事務所　陳長文律師、李念祖律師
印刷——勁達印刷有限公司
初版一刷——二〇一八年九月十四日
定價——新台幣三二〇元

時報文化出版公司成立於一九七五年，
並於一九九九年股票上櫃公開發行，於二〇〇八年脫離中時集團非屬旺中，
以「尊重智慧與創意的文化事業」為信念。

祈路之夏 / 七樂著. -- 初版. -- 臺北市：時報文化, 2018.09
面；　公分 (Story系列 ; 20)

ISBN 978-957-13-7518-2 (平裝)

857.7　　107013732

ISBN 978-957-13-7518-2
Printed in Taiwan